MOLLY FLANAGHAN

Der Tod bleibt über Nacht

atb aufbau taschenbuch

MOLLY FLANAGHAN, geboren 1978, reiste vor Jahren während der Semesterferien mit dem Rucksack durch Irland und verliebte sich Hals über Kopf in das Land. Während einer zweiten Reise lernte sie ihren späteren Ehemann kennen, mit dem sie inzwischen in Deutschland lebt. Irland ist ihr zur zweiten Heimat geworden.

Im Aufbau Taschenbuch ist bisher ihr Kriminalroman »Der Tag beginnt mit Mord« erschienen.

Die Familien O'Keefe und Murphy sind seit Jahrzehnten verfeindet, bis sich die Kinder ineinander verlieben und heiraten wollen. Die Hochzeitsgäste quartieren sich in Fionas Bed & Breakfast ein. Aber dann wird die Großtante der Braut tot aufgefunden, und schnell ist klar: Es war kein Unfall. Hat die alte Familienfehde doch noch ein Opfer gefordert? Schon bald kursieren im Pub wilde Gerüchte über Verdächtige. Inspector Aidan Connolly reist aus Dublin an, um den Mord aufzuklären. Doch auch er hat ein Geheimnis, das er niemandem anvertrauen kann – schon gar nicht Fiona, die sich in seine Ermittlungen einmischt und ihm dabei gefährlich nahekommt.

MOLLY FLANAGHAN

Der Tod bleibt über Nacht

EIN KRIMI IN IRLAND

aufbau taschenbuch

MIX
Papier aus verantwortungsvollen Quellen
FSC® C083411
www.fsc.org

ISBN 978-3-7466-3723-5

Aufbau Taschenbuch ist eine Marke der
Aufbau Verlage GmbH & Co. KG

1. Auflage 2022

Umschlaggestaltung und Motiv www.buerosued.de, München
Satz LVD GmbH, Berlin
Druck und Binden CPI books GmbH, Leck, Germany
Printed in Germany

www.aufbau-verlage.de

Happy is the bride that rain falls on.
May your mornings bring joy and your evenings bring peace.
May your troubles grow few as your blessings increase.
May the saddest day of your future
Be no worse than the happiest day of your past.
May your hands be forever clasped in friendship
And your hearts joined forever in love.

Irischer Hochzeitssegen

Die ersten Blüten der hohen Ligusterhecken hatten sich an diesem Tag geöffnet und ihren Duft durch den Garten über die Wiesen und Felder geschickt. Die letzten Wochen waren ungewöhnlich mild gewesen und hatten der irischen Westküste viel Sonne und Wärme gebracht. Unzählige Hummeln und Bienen waren dem Duft gefolgt und hatten sich, berauscht vom ersten Nektar, erst mit der untergehenden Sonne wieder in ihre Bauten zurückbegeben.

Moira schritt den schmalen Gartenweg entlang und blieb ab und an stehen, um die milde Nachtluft zu genießen. Sie konnte nicht schlafen – nicht ungewöhnlich für eine Frau in ihrem Alter, immerhin würde sie im nächsten Monat ihren vierundachtzigsten Geburtstag feiern. Aber diesmal waren es nicht nur die schmerzenden Knochen oder das rastlose Karussell ihrer Erinnerungen und Gedanken. Nicht einmal das weiche Bett in dem herrlichen Cottage, in dem sie untergebracht war, konnte ihr helfen. Denn diesmal hielt sie eine Last, die sie seit Jahren auf ihrer Seele trug, vom Schlaf ab. Eine Last, die sie schon fast vergessen geglaubt hatte. Bis vor einem halben Jahr ihre Großnichte Hannah freudestrahlend zu ihr gekommen war. Sie hatte sich verlobt. Mit dem jungen Murphy. In Moiras Augen eine Liebe, wie sie nur in Irland durch das Schicksal selbst hatte zustande kommen können. Ihre

Heimat hatte schon immer eine Verbindung mit den Göttern gehabt.

Sie hatte Hannah ihren Segen gegeben – und auch die beiden Väter des Brautpaares mithilfe sanfter Überredung dazu gebracht, zuzustimmen. Moira lachte leise auf. Sanfte Überredung! Pure Erpressung war es gewesen, aber manchmal rechtfertigte der Zweck doch die Mittel. Zumindest hoffte sie das sehr. Und wer wie sie so viele Jahre des Lebens damit verbracht hatte, Augen und Ohren offen zu halten, wusste meist genug, um die Dinge ein wenig zu lenken.

»Und meistens hast du doch die richtige Richtung gewählt, Moira.«

Leise mit sich selbst zu sprechen, war eine Angewohnheit, die sie schon seit vielen Jahren begleitete, die aber in den letzten Monaten immer stärker geworden war.

Wieder blieb sie stehen und atmete tief ein und wieder aus. Leichter fühlte sie sich dadurch aber nicht.

»Wem willst du etwas vormachen? Richtige Richtung … Du hast das eine oder andere Mal zu sehr selbst Schicksal gespielt. Und damals …«

Sie brach ab, als sie hinter sich ein Geräusch hörte, und lauschte in die Nacht. Ein Tier. Ein Igel wahrscheinlich, auf der Suche nach einer Schnecke oder einem dicken Regenwurm.

Damals hatte sie auch die Dinge in die Hand genommen. Und es war richtig gewesen, oder? Sie hatte eine Menge Leid verhindert.

»Aber wenn du ihnen jetzt in die Augen blickst, dann überwältigt dich die Schuld.«

Sie hatte den letzten Satz mehr gemurmelt als laut ausgesprochen. Sogar hier, in der Unbeobachtetheit des Gartens, zwischen den hohen und duftenden Hecken, fiel es ihr schwer, sich die eigene Schuld einzugestehen. Und Schuld trug sie, es war in so vieler Hinsicht falsch gewesen, und sie hätte das damals schon sehen müssen. Oder vielleicht hatte sie es gesehen, aber sich entschieden, lieber das eine Leid zu verhindern – ohne Rücksicht darauf, was sie damit an neuem Leid erzeugen würde.

Der süße Duft der Hecken umgab sie und hüllte sie ein. Sie würde reden müssen, sie würde offenlegen müssen, was vor so vielen Jahren geschehen war. Aber langsam, vorsichtig, Schritt für Schritt.

Moira blieb stehen und lauschte in die Nacht. Sie spürte ein Prickeln zwischen ihren Schulterblättern. Da war etwas. Oder jemand.

»Hallo?«

Sie zuckte zusammen, als sie eine Bewegung im Halbdunkel der Hecke sah, dann lachte sie leise auf.

»Ach du bist es. Hast du mich erschreckt!«

Beruhigt streckte sie ihre Hand aus und griff lachend nach der Person im Schatten.

☘

Wenig später tapste ein Igel durch den Garten, die Schnauze mit der feinen Nase dicht am Boden, und suchte im Schatten der Ligusterhecke nach Nahrung. Ein Wurm, eine Schnecke mussten doch aufzutreiben sein, immerhin hatte es am Tag geregnet und die Erde war warm und feucht. Doch bisher hatte er kein Glück gehabt, und seit einigen Minuten überdeckte ein widerlich süßer und schwerer Geruch jede seiner Spuren. Neugierig folgte er dem seltsamen Geruch. Ein Mensch lag auf dem Boden, ohne Bewegung, ohne Herzschlag.

Die Pfote des Igels berührte den Boden, und er hielt inne. Blut. Das Klebrige, das da kurz vor seiner Nase warm und schwer in die Erde sickerte, war Blut. Menschenblut.

Ohne weiter nach einem Wurm oder einer Schnecke zu suchen, drehte er sich um und rannte, so schnell seine kurzen Beine ihn trugen, zurück zu der schützenden Feldsteinmauer, unter der er sein Nest hatte.

Denn da, wo Menschen ihr Blut einmal vergossen hatten, würde immer mehr und noch mehr Blut folgen – so viel hatte seine Art über die letzten Jahrhunderte auf diesem Boden gelernt.

1

Einen Tag zuvor saß Fiona O'Connor im Frühstücksraum von Greenhill Cottage, ihrem kleinen Bed & Breakfast, sah durch die großen Panoramafenster nach draußen und ließ den Blick über die grün leuchtenden Wiesen zwischen kleinen Steinmauern und ihr Heimatdorf Ballinwroe gleiten.

Nur wenige Kilometer von den beeindruckenden Cliffs of Moher – den Aillte an Mhothair, wie sie auf Gälisch hießen – entfernt, schmiegte sich ihr Ballinwroe in eine vom Fluss über Jahrhunderte geformte Senke.

Der helle Frühstücksraum wurde von der fröhlichen Stimme ihrer Großcousine Hannah erfüllt, die aufgeregt über ihren Verlobten Collin erzählte. Morgen war der große Tag. Hannahs Hochzeit stand bevor – die erste Hochzeit, die Fiona in ihrem neu eröffneten Cottage ausrichten würde.

Es war Mitte Mai, was an der Westküste Irlands, nur wenige Meter von den tosenden Wellen des Atlantiks entfernt, alles bedeuten konnte, von peitschendem Regen und Temperaturen im einstelligen Bereich bis hin zu strahlendem Sonnenschein und lauen Abenden. An diesem Morgen trieb der Wind Wolken wie Spielbälle vor sich her, deren Umrisse von der immer wieder hervorblitzenden Sonne als Schatten auf die Wiesen und Felder geworfen wurden. Die See hatte ihre Launen, aber die

Bewohner der Küste hatten über die Jahrhunderte gelernt, damit umzugehen.

Fiona liebte ihren Frühstücksraum im Obergeschoss des modernen und zunächst von allen Dorfbewohnern eher skeptisch beäugten Anbaus an ihrem Elternhaus. Aus Stein und Glas errichtet, schmiegte er sich doch erstaunlich gut an die alten Mauern des Cottage und bot Fionas Gästen bei ihren Mahlzeiten eben jenen atemberaubend schönen Ausblick über das Dorf, den Fluss und die Wiesen, wie sie ihn selbst gerade bewunderte.

Sie hoffte nur, dass die Wolken am nächsten Tag keinen Regen brachten. Wobei laut einem alten irischen Hochzeitssegen diejenige Braut glücklich sei, die vom Regen geküsst wurde. Fiona war sich nur nicht sicher, ob es auch sie glücklich machen würde. Denn vor ihrem Cottage hatten Handwerker in den letzten Tagen einen Holzboden verlegt und darüber ein großes Zelt aufgebaut. Ein wenig Regen von oben würde der Feier nicht schaden, aber in ihrem windigen Heimatdorf fielen die Tropfen nicht immer von oben, wahrlich nicht.

Außerdem würden das Brautpaar und die Gäste nach der Trauung in der kleinen Kirche des Dorfes zu Fuß den Hügel zum Greenhill Cottage erklimmen müssen. Immerhin hatte Fiona schon einen Haufen Regenschirme im Vorraum der Kirche gelagert. Es war immer besser, auf alles vorbereitet zu sein. Aber auch Regenschirme machten an der Küste nicht immer Sinn. Wenn sie vielleicht …

Die helle Stimme ihrer Cousine holte sie wieder in die

Gegenwart zurück, und Fiona griff nach der Sticknadel, die sie in Gedanken hatte sinken lassen.

»… und dann musste ich einfach jemandem von Collins Antrag erzählen. Ich bin zu Aintín Moira gegangen, und sie hat zuerst ganz große Augen gemacht und dann gelacht und gesagt, ich sollte mir keinen Kopf machen, sie würde schon mit Dad sprechen und dass es nicht an ihm sei, sich gegen das Schicksal zu stellen. Das hat sie dann tatsächlich gemacht, und was immer sie ihm auch gesagt hat, es hat ihn zur Vernunft gebracht. Und jetzt stehe ich hier mit euch und besticke den Saum meines Hochzeitskleides!«

Fiona schaute belustigt in das vor Freude und Aufregung leuchtende Gesicht ihrer Großcousine Hannah O'Keefe. Fionas Familie und die der O'Keefes waren über so viele unterschiedliche Zweige miteinander verwandt, dass niemand sich noch die Mühe machte, die Verwandtschaftsverhältnisse genauer herauszufinden. Alle Familienmitglieder unter fünfzig bezeichneten einander schlicht als Cousine oder Cousin, alle Mitglieder über fünfzig wurden mit Tante oder Onkel angesprochen. Wahrscheinlich gab es viele irische Familien, die es ähnlich hielten.

Aintín Moira, also Tante Moira, saß mit Fiona und Hannah an den in der Mitte des Raumes zusammengeschobenen Tischen und lächelte leise. Mit ihren dreiundachtzig Jahren war sie das älteste noch lebende Familienmitglied, geliebt von den Jüngeren aufgrund ihres Humors und ihrer oft unkonventionellen Einstellungen, respektiert und ein wenig gefürchtet von den Älteren aufgrund ihrer Erfahrung und ihrer Ehrlichkeit. Die langen weißen Haare zu einem dicken Dutt geschlungen und gekleidet in ein schlichtes grünes Wollkleid, waren es vor allem ihre wachen hellblauen Augen, die auch jeden Fremden sofort erkennen ließen, dass er einer schlauen und trotz der vielen Falten und des gebeugten Rückens sehr aufgeweckten Frau gegenübersaß.

Moira lauschte der fröhlichen Stimme ihrer jüngsten Großnichte, während ihre von Altersflecken überzogenen Hände geschickt die feine Nadel durch den weichen Stoff stachen und ein feines Muster aus Blüten aufstickten.

»Wobei zurzeit eher meine und Fionas Hände mit dem Sticken beschäftigt sind, mein liebes Mädchen.«

Moiras Stimme war erstaunlich tief und voll, und Fiona sah, wie Hannah rot wurde und schnell wieder zu ihrer Nadel griff.

Es war eine alte Tradition, dass die Braut am Tag vor der Hochzeit mit Freundinnen oder Verwandten den Saum ihres Kleides bestickte – und Hannah hatte Fiona und Tante Moira gebeten, ihr dabei zu helfen.

Wahrscheinlich hatten schon vor langer Zeit genervte Brauteltern nach einem Weg gesucht, die nervöse und aufgeregte Braut für einige Stunden zu beschäftigen und aus dem Weg zu räumen, und hatten sich die Tradition einfach ausgedacht. Fiona schüttelte den Kopf. Sie sollte nicht so zynisch sein. Es war schön, das Kleid so zu verzieren, und sie genoss die Zeit mit den beiden Frauen.

Hannah hatte sich ein Muster aus den Blumen gewünscht, die im Sommer die Cliffs von Moher bedeckten: Cat's Ears und Sea Pinks – Ferkelkraut und Grasnelken. Und so stickten sie gemeinsam mit dem dünnen Garn aus Seide kleine Blüten auf das Kleid.

Die lange Liste der Dinge, die Fiona noch bis zum Mittag des nächsten Tages erledigen musste, wenn das Brautpaar nach der Kirche ins Greenhill Cottage kommen würde, um zu feiern, schob sie einfach zur Seite. Sie würde das schon schaffen, hatte in ihrer Zeit als Managerin eines der größten und elegantesten Hotels in Dublin schon ganz andere Feiern ausgerichtet. Aber dies war nun mal die erste Feier in ihrem eigenen Cottage, in ihrem kleinen Bed & Breakfast, und die erste Feier in ihrem Heimatdorf Ballinwroe, in das sie nach vielen Jahren aus Dublin zurückgekehrt war.

Und es war nicht irgendeine Hochzeit, sondern die ihrer Cousine Hannah mit dem reichen und begehrten Collin Murphy, dem einzigen Sohn und Erben der Familie Murphy. Die Murphys besaßen einen riesigen Hof im Süden des Landes, kamen aber ursprünglich auch von hier. Schon immer reich an Land und Erfolg, hatte schließlich Fergus Murphy, Collins Vater, in den letzten Jahrzehnten diesen Wohlstand durch geschickte und den Gerüchten nach oft auch skrupellose Geschäfte vervielfacht. Der Kauf eines der größten und berühmtesten Gestüte im Land hatte ihn endgültig bekannt gemacht. Bilder von ihm und seinen beiden Kindern bei den Galway Races, den größten Pferderennen des Landes, bei denen man regelmäßig Sieger aus seinem Reitstall bewundern konnte, gingen durch die Presse. Gerade Collin mit seinem guten Aussehen und seinem unbekümmerten Charme hatte es den Zeitungen angetan.

Die O'Keefes hingegen hatten vor Jahren ihren kleinen Hof außerhalb Ballinwroes aufgegeben und waren nach Dublin gezogen, wo sie sich in einem der vielen Vororte ein neues, wenn auch bescheidenes Leben aufgebaut hatten.

Und so hatte die Presse aus der Liebesgeschichte zwischen Collin und Hannah die Geschichte vom Prinzen und der armen Cinderella gemacht.

Es machte die Sache wahrlich nicht einfacher, dass es Collins Vater Fergus Murphy gewesen war, der damals den Hof der O'Keefes aufgekauft hatte. Die Stimmung zwischen den beiden Vätern war nicht sonderlich entspannt. Hannah war mit ihren Eltern und den drei Brüdern im Greenhill Cottage untergekommen. Auch Tante Moira hatte eines der Gästezimmer bezogen. Collin war mit seinem Vater und seiner Schwester Kelly im Hotel im Ort untergekommen, dem Ballinwroe Inn, wo auch alle anderen Gäste die Nacht verbringen würden. Collins Mutter war früh verstorben, und die resolute Kelly hatte als große Schwester ihre Aufgaben übernommen.

Der Empfang und die Feier würden aber auf Greenhill stattfinden, das Essen von der Hotelküche zu Fiona gebracht, die in ihrer eigenen Küche unter dem Frühstücksraum alles anrichten würde.

Glanzstück der Feier war die mehrstöckige Hochzeitstorte, die die Konditorin Leah McGowan, die in Dublin und Paris gelernt hatte, gezaubert hatte.

Fiona seufzte und ließ die Sticknadel erneut sinken.

Leah, Tochter von Nathan Flynn und Ehefrau von Dylan McGowan und neuerdings auch die Managerin des Ballinwroe Inn. Es gab wohl keinen Menschen, der sich mehr wünschte, dass Fiona ihre Siebensachen packte und zurück nach Dublin verschwand. Sie verband eine lange Geschichte: Dylan McGowan, ihr Jugendschwarm, hatte sie damals geschwängert und auf ihre Weigerung, ihn daraufhin zu heiraten, mit dem gleichen Unverständnis reagiert wie auch Fionas Eltern und der Rest des Dorfes. Sie war mit sechzehn, schwanger und ohne einen Penny in der Tasche, nach Dublin geflohen. Und eben jener Dylan, der im Dorf geblieben, die Sägemühle und Tischlerei seines Vaters übernommen und schließlich Leah geheiratet hatte – konnte Fiona nicht in die Augen sehen, ohne dabei … Fiona schüttelte sich. Sie würde das Ganze gerne in die hinterste Ecke ihres Kopfes verbannen. Was schwer war, da Leah gerade in diesem Moment in der Küche von Greenhills stand und an der Torte arbeitete, zähneknirschend und widerwillig. Doch ein Transport der Hochzeitstorte über die gewundenen und mit jahrhundertealtem Kopfsteinpflaster bedeckten Straßen des Dorfes den Hügel herauf wäre zu riskant gewesen.

»Mädchen, wenn du weiterhin so ein finsteres Gesicht machst, werden sich die Sorgenfalten so tief eingraben, dass sie nie wieder verschwinden.«

Fiona blickte auf und sah in Moiras hellblaue Augen.

»Und es wäre doch wirklich schöner, wenn du später in ein Gesicht voller Lachfalten blicken kannst, oder?«

»So wie du, Moira?«

Moiras Hände hatten die Stickarbeit wieder aufgenommen, gleichmäßig und ruhig.

»Ja, so wie ich. Auch wenn ich in meinem Leben wirklich mehr als genug Sorgen hatte, so denke ich doch, dass mehr Stunden von Glück erfüllt waren als von Gram.«

»Sehe ich so aus, als würde ich mich grämen?«

Moira strich ihr kurz über die Wange.

»Ja, ein wenig. Aber wenn du lachst, dann lacht die Welt mit dir.«

Hannah schaltete sich ein.

»Aber warum sollte sich heute überhaupt jemand grämen? Ich werde heiraten, die Sonne wird scheinen, Fiona hat ein fabelhaftes Cottage aufgebaut, und die Gäste und Freunde von Collin werden dich in Zukunft mit Aufträgen überschütten. Moira wird sich auf der Feier vor lauter jungen Männern, die mit ihr tanzen wollen, nicht retten können und …«

Moira lachte.

»Wenn du damit deine großen Brüder meinst, so schütze mich Gott vor ihren noch größeren und ungeschickten Füßen. Ich weiß noch, wie sie damals zu Besuch waren und nach wenigen Minuten versucht haben, aus dem Fenster auf das Dach des Hühnerstalls zu klettern. Sloan ist als Erster vorgeschickt worden und natürlich durch das Dach gebrochen, mitten zwischen die

Hühner. Und fast auf meinen alten Hahn gefallen, der sich dem Eindringling sofort in den Weg gestellt hat. Zum Glück ist keinem der Hühner etwas passiert.«

»Tante Moira! Sloan hat sich bei der Aktion den Arm gebrochen.«

»Und, hat es ihn auch nur ein bisschen vernünftiger werden lassen? Du, mein Fräulein, warst übrigens auch nicht besser. Ich bin mir ziemlich sicher, dass du damals sehr wohl wusstest, was mit dem Erdbeerwein aus meinem Keller passiert ist, oder?«

Fiona beobachtete amüsiert, wie Hannah, mittlerweile wahrlich kein kleines Fräulein mehr, rot wurde und sich schnell und eifrig wieder über ihr Kleid beugte.

Fiona zwinkerte Moira zu und stickte weiter. Ihre Tante hatte recht. Was hatte man vom Leben, wenn man seinen Sorgen erlaubte, die Oberhand zu gewinnen? Sie würde erst einmal die Hochzeit über die Bühne bringen – und sich dann um Leah und alles andere kümmern.

»Hannah, erzähl mir doch noch mal von den Plänen für eure Hochzeitsreise. Ihr wollt nach Italien?«

Und während Hannah zu einer begeisterten Schilderung der geplanten Reise ansetzte, stickte Fiona an den feinen Blütenblättern einer Grasnelke und lauschte dem gerade einsetzenden Regen, wie er sanft gegen die Scheiben schlug.

Neben sich hörte sie Moira leise murmeln.

»Happy is the bride that rain falls on …«

2

Pater Michael Moran holte tief Luft, rückte den Kragen seiner Soutane zurecht und blickte ein letztes Mal in den Spiegel über dem kleinen Waschbecken in der Sakristei.

Gleich würde er sich den kritischen Augen und Fragen der Familien Murphy und O'Keefe stellen – und er konnte sich wahrlich schönere Dinge ausmalen, die er an einem Samstag im Mai tun könnte. Aber die Schwester des Bräutigams, Kelly Murphy, hatte auf eine Art Generalprobe bestanden, und nach allem, was Michael über die beteiligten Familien und ihre Vorgeschichte wusste, wäre etwas göttlicher Segen wahrscheinlich gar nicht verkehrt.

Den Spiegel hatte sein Vorgänger anbringen lassen, der dem Dorfklatsch zufolge oft am Sonntag erst so spät aus dem Bett gekommen war, dass er sich in der allerletzten Sekunde in der Sakristei rasiert hatte. Nachdem Michael kurz nach seinem Einzug in das alte Pfarrhaus an den unmöglichsten Stellen auf versteckte Flaschen mit Poitín, irischem, selbst gebrautem Schnaps, gestoßen war, neigte er dazu, dem Klatsch in dieser Hinsicht zu glauben. Ebenjener Vorgänger hatte dann auch an einem eisigen Januarmorgen auf dem Rückweg vom Pub beschlossen, ein kleines Nickerchen auf den Stufen des Pfarrhauses zu machen, und war dort Stunden später von seiner Zugehfrau entdeckt worden. Er war erfroren, den Gerüchten nach mit einem Lächeln auf den eisblauen Lippen und einer Flasche Messwein in den Händen, aber an Phantasie hatte es den Iren ja noch nie gemangelt.

Fast zwanzig Jahre war das Dorf, wie so viele andere, auch größere Gemeinden, dann ohne eigenen Priester ausgekommen, bis Michael vor zwei Jahren seinen Bischof um eine Versetzung an die Westküste, weit weg von Dublin, gebeten hatte. Seiner Bitte war stattgegeben worden. So viel war die Kirche ihm schuldig gewesen. Sehr zur Verwunderung der Dorfbewohner war Ballinwroe so zu einem jungen Priester gekommen, der sich um alle Aufgaben kümmerte und in seiner Freizeit Pfarrhaus, Garten und Kirche mit seinen nach und nach immer rauer werdenden Händen renovierte.

Die Verwunderung war schnell in Klatsch und auch böse Gerüchte umgeschlagen. Aber wenn einige Mitglieder seiner Gemeinde glauben wollten, er wäre strafversetzt worden, dann sollten sie das tun. Die Wahrheit war schlimmer – und das Dorf war für Michael keine Strafe, sondern eine Fluchtstätte und sein letzter Versuch, wieder zu seinem Glauben zu finden.

Bisher war es ihm nicht schlecht ergangen. Er konnte, wenn ihn seine Erinnerungen einholten, über die weiten, windgepeitschten Felder laufen, bis seine Lunge brannte.

Außerdem hatte er in der kleinen Kirche unter den dicken Schichten von Farbe alte Wandmalereien gefunden, die er zentimeterweise freilegte und die seine Hände beschäftigten und sein Herz seltsam ruhig hielten.

Und er hatte in Fiona O'Connor, die auf dem Hügel das Greenhill Cottage führte, eine Freundin gefunden, die ihm zuhörte und deren Nähe ihm guttat. Dass das Dorf über diese Freundschaft natürlich ebenfalls hinter vorgehaltener Hand tratschte, war ihm klar. Aber es gab wirklich Schlimmeres. Fiona hatte ihn nur ausgelacht, als er ihr davon erzählt und ihr angeboten hatte, seine morgendlichen Frühstücksbesuche in ihrer Küche einzustellen. Fiona O'Connor gab nichts auf den Klatsch der anderen Dorfbewohner. Und ihr Lachen tat ihm gut.

Michael blickte erneut in den Spiegel und versuchte, seinem Gesicht unter den blonden Locken einen festen und sicheren Ausdruck zu verleihen. Vergeblich. Warum war er nicht beim Friseur gewesen und hatte seine Locken bändigen lassen, die sich über Kragen und Ohren kringelten und ihm in die Augen fielen, wenn er sie nicht zurückstrich? Wer würde ihn denn so ernst nehmen? Und warum in aller Welt waren Hannah und Collin nicht einfach durchgebrannt und hatten still und heimlich geheiratet? Las Vegas, das wäre doch eine gute Möglichkeit gewesen. Und Gott war es wirklich egal, ob eine Ehe vor einem Elvis-Imitator oder einem Priester geschlossen wurde. Wahrscheinlich hatte der Elvis-Imitator sogar größere Chancen, die richtigen Worte zu finden.

Denn – und Michael würde das sicherlich nicht der Schwester des Bräutigams auf die Nase binden – die Hochzeit zwischen Collin und Hannah war für ihn eine Premiere.

Nervös strich er seine Locken erneut glatt.

»Verdammte Scheiße.«

In dem Moment, in dem der Fluch über seine Lippen

kam, erinnerte sich Michael, dass er in der Sakristei stand, und zuckte kurz schuldbewusst zusammen.

Aber sie hätten doch auch im Süden des Landes heiraten können, wo die Murphys – soweit er dem Klatsch aus Edna McCarthys Dorfladen glauben konnte – ein riesiges Gut mitsamt eigener Kapelle hatten.

Aber Hannah O'Keefe hatte sich eine Hochzeit in ihrer Taufkirche gewünscht. Und da der junge Collin Murphy seiner Braut keinen Wunsch abschlagen konnte, waren nun seine gesamte Familie und der O'Keefe-Clan ins Dorf eingefallen und nahmen alles in Beschlag.

Immerhin war es für Fiona gut, ihr Cottage war ausgebucht.

Michael atmete noch einmal durch.

»Du schaffst das!«

Sein Spiegelbild schien nicht davon überzeugt. Verdammt.

Als er aus der Sakristei in den hellen Altarraum seiner Kirche trat, kam eine in einem eleganten dunkelblauen Hosenanzug gekleidete Frau von vielleicht vierzig Jahren mit energischen Schritten auf ihn zu. Sie war sorgfältig geschminkt, das Haar zu einem konservativen Knoten im Nacken zusammengebunden. Kelly Murphy schien immer in Eile zu sein, immer damit beschäftigt, den nächsten Schritt zu planen. Sie war schön, aber auf eine steife, unbewegliche Art und Weise. Michael hatte sie zuvor nur neben der aufgeregten und in ihrer unbeschwerten Fröhlichkeit entwaffnenden Braut gesehen – zwei

Frauen, die sich äußerlich gar nicht so unähnlich waren, aber nebeneinander wirkten wie Tag und Nacht.

Auch jetzt waren Kelly Murphys Augenbrauen zusammengezogen, und ihre Stimme hallte scharf und mit deutlicher Verärgerung durch die Kirche.

»Ist es wahr, dass Sie keine Fotografen in der Kirche dulden? Einige Reporter werden extra anreisen, und …«

»Ah, Miss Murphy. Schön, Sie zu sehen.«

Michael lächelte ihr zu und drehte sich dann kurz zum Altar, bekreuzigte sich und beugte sein Knie. Aus den Augenwinkeln sah er, wie Kelly es ihm genervt nachtat, aber schon Sekunden später wieder auf ihn einredete.

»Mein Bruder meinte, Sie hätten sich dagegen ausgesprochen? Aber …«

»Nein. Keine Reporter.«

Michael versuchte, sich nicht von der aggressiven Energie der Frau überrollen zu lassen. Er fragte sich, was sie wohl erlebt und erfahren hatte, um sich der Welt gegenüber so feindselig zu positionieren. Er sah sie genauer an. Nein, nicht feindselig. Eher … verteidigungsbereit.

Michael setzte sich auf die vordere Bank und wartete, bis sich Kelly Murphy widerwillig neben ihn gesetzt hatte. Bevor sie sprechen konnte, zeigte er auf die Wand neben dem Altarraum.

»Sehen Sie das Wandbild dort?«

Ihr Blick folgte seiner Hand irritiert.

»Normalerweise steht dort noch das Gerüst, ich restauriere die Malereien Stück für Stück. Es ist eine langwierige Arbeit, Schicht für Schicht die alte Farbe abzutragen. Es zeigt den heiligen Christophorus, der das Jesuskind über den Fluss trägt.«

»Ist es wertvoll?«

»Wertvoll?«

Michael sah Kelly Murphy erstaunt an. Das hatte ihn noch nie jemand gefragt.

»Ja. Hat es jemand Bekanntes gemalt, ist es besonders alt? Wird es Menschen in die Kirche locken? Werden die Zeitungen darüber berichten? Wird es Ihnen nutzen?«

Er schüttelte den Kopf. Wie es wohl war, die Welt nur nach solchen Aspekten zu beurteilen?

»Oh, nein, wirklich nicht. Ich glaube, es wurde Anfang des zwanzigsten Jahrhunderts gemalt, vielleicht in den zwanziger oder dreißiger Jahren. Vielleicht von jemandem aus dem Dorf, einem Handwerker, der den Winter hier verbracht hat? Ich habe keine Aufzeichnungen gefunden. Wahrscheinlich werde ich es nicht herausfinden.«

»Warum restaurieren Sie es dann? Wenn es nichts wert ist?«

»Kelly. Glauben Sie nicht, dass es mehr Arten von Wert gibt als nur den von Geld? Sehen Sie sich das Bild an.«

Er musste gar nicht mehr hinsehen, da er jeden Zentimeter des Bildes vor Augen hatte. Den Gesichtsausdruck des riesigen Mannes, die breiten Schultern, die sich unter dem Gewicht des Kindes beugten. Christophorus hatte es kaum geschafft, das Kind über den Fluss zu bringen. Ein Jesuskind, für dessen Gesichtszüge sicherlich ein Kind aus dem Dorf Vorbild gewesen war. Die Haare strubbelig, die Augen lebhaft und das runde Gesicht sogar mit kleinen Sommersprossen verziert. Und der Geschichte nach dennoch beladen mit einer Last, die sogar den stärksten Riesen in die Knie zwingen konnte.

Ganz kurz meinte Michael, in Kellys Augen so etwas wie Erkennen aufblitzen zu sehen, vielleicht sogar auch Verständnis, aber dann schüttelte sie den Kopf.

»Nein. Ich halte es für Zeitverschwendung. Sie könnten Ihre Zeit effizienter einsetzen. Wäre ich ihre Chefin, dann …«

Michael musste lachen.

»Ich befürchte, Sie wären sehr unglücklich, wenn Sie meine Chefin wären. Wir – also meine Firma sozusagen – haben es zum größten Teil mit Dingen zu tun, die man weder in Geld noch Zeit messen kann.«

Kelly schien nicht bereit, sich ablenken zu lassen.

»Zurück zu den Fotografen. Ich verstehe wirklich nicht …«

»Lass den Pater in Ruhe, Kelly!«

Die Tür zur Kirche war aufgestoßen worden, und drei hochgewachsene Männer betraten nacheinander den Kirchenraum. Grady, Quinn und Sloan O'Keefe. Die Brüder der Braut.

Der Erste, vielleicht Ende zwanzig, in einer dunklen Cordhose und einem weißen Hemd, ging mit einem breiten Grinsen auf Michael und Kelly zu.

»Du wirst dein Gesicht schon oft genug in der Zeitung sehen, oder?«

Der zweite Mann, etwas jünger und kleiner, in Jeans

und einem T-Shirt, das mit einem Rad fahrenden Eisbären bedruckt war, warf Michael ein freches Grinsen zu.

»Sei doch froh, wenn es nicht so viele Fotos gibt. Neben Hannah wirst du eh nicht so gut wegkommen.«

Die Bemerkung kam vom dritten Mann, schlanker und größer, aber sichtlich am jüngsten, mit kurzen, akkurat geschnittenen Haaren und einer schwarzen, kurzen Hose und einem schwarzen Shirt.

Michael sah, wie Kelly bei der letzten Bemerkung getroffen zusammenzuckte, und stand wütend auf. Es war eine Sache, wenn er in der Sakristei fluchte, aber es gab Grenzen dessen, was er in seiner Kirche zuließ.

»Ah, die O'Keefe-Brüder. Wären Sie nicht zwei Köpfe zu groß, hätte ich schwören können, eine Gruppe meiner Messdiener wäre in die Kirche gerauscht. Zumindest scheinen Sie nicht unbedingt reifer zu sein. Ich dulde hier keine Beleidigungen.«

Er war nur wenige Jahre älter als die drei Männer, aber es fühlte sich in diesem Moment so an, als läge ein ganzes Menschenleben zwischen ihnen.

Michael war den Männern gestern offiziell vorgestellt worden, hatte aber schon einige Tage zuvor im Dorfladen bei Edna McCarthy alle wichtigen und unwichtigen Informationen zu ihnen bekommen. Bei Edna konnte man alles kaufen, vom Schnürsenkel über Dosensuppen bis hin zu Jagdmunition. Doch der allgemeinen Überzeugung nach führte sie ihren Laden nicht, um Geld zu verdienen, sondern allein, um zu tratschen.

»Ich sage Ihnen«, hatte Edna geflüstert und sich vertraulich über den Tresen gelehnt, »die waren als Kinder schon unberechenbar. Sie waren ja nicht oft hier im Dorf, denn der Hof der O'Keefes lag einige Meilen außerhalb. Und als der Vater dann alles verkaufen musste, sind sie nach Dublin gegangen. Aber wenn sie hier aufgetaucht sind, dann hatten sie jedes Mal irgendeinen Unfug im Sinn. Ihre arme Mutter, nur Rabauken hat sie zur Welt gebracht. Aber zum Glück ist das letzte Kind ja ein Mädchen geworden, und wie bezaubernd die junge Hannah ist! Es ist so romantisch, dass sie und der junge Murphy nun heiraten und die beiden Familien wieder zusammenkommen. Auf jeden Fall sollen die Brüder dann auch in Dublin so einiges angestellt haben, aber es zeigt sich wohl mal wieder, dass aus den größten Unruhestiftern doch oft die besten Männer werden. Der Älteste, Grady, ist doch allen Ernstes Arzt geworden. Er arbeitet für irgendeine Organisation und ist ständig in der ganzen Welt unterwegs. Immer da, wo es am schlimmsten ist. Und der Mittlere, Quinn, ist Ingenieur und arbeitet für eine große Firma in Dublin, die diese großen Ölbohrplattformen überall ins Meer setzt. Der Jüngste, Sloan, hat immer mit seinen Brüdern konkurriert und war ein wahrer Teufelsbraten – aber jetzt ist er wirklich und wahrhaftig Lehrer an einer Schule in Dublin. Jaja, die O'Keefe-Brüder, ich sage Ihnen …«

Um bei Edna eine Frage platzieren zu können, musste man wie ein Luchs aufpassen und die wenigen Atempausen nutzen, die sie sich gönnte. Michael hatte das über die Monate ganz gut gelernt und seine Chance genutzt.

»Und wie viele Jahre sind die Braut und ihre Brüder auseinander?«

»Ah, fünf oder sechs Jahre sollten es sein. Hannah ist noch hier getauft worden, von Ihrem Vorgänger – Gott hab ihn selig –, aber kurz darauf hat ihr Vater den Hof verkaufen müssen und sie sind mit den restlichen Ersparnissen nach Dublin gezogen. Ich habe gehört, dass sie wirklich nur das mitgenommen haben, was in einen Koffer passte. Es muss für ihn sehr schmerzhaft sein, mit Collins Vater an einem Tisch zu sitzen, sollte man meinen, oder?«

Edna McCarthy hatte den letzten Satz fast genüsslich von sich gegeben, und Michael hatte sofort begriffen, dass sie sich das saftigste Stück Klatsch für das Ende aufgehoben hatte. Er tat ihr den Gefallen.

»Warum?«

Sie hatte unschuldig ihre Augen aufgerissen und den Kopf geschüttelt.

»Hat man Ihnen das gar nicht erzählt? Na, es war doch Fergus Murphy, der damals den Hof der O'Keefes mit allem Drum und Dran bis hin zum letzten Huhn ersteigert hat! Und noch bevor die Familie mit dem Auto aus der Hofeinfahrt gebogen ist, hat er seine Leute dorthin geschickt und alles räumen lassen. Der Hof steht seitdem leer und ist zu einer halben Ruine verfallen. Fergus Murphy ging es nur um das Land. Die Leute munkeln, er könnte von hier bis Dublin gehen, ohne jemals einen Fuß auf fremden Boden setzen zu müssen.«

Michael hatte seinen Einkauf bezahlt und war mit gerunzelter Stirn ins Pfarrhaus zurückgekehrt. Eine Märchenhochzeit sollte es sein, aber aus dem Märchen von Cinderella war gerade eher der Beginn eines Shakespeare-Dramas geworden.

Michael schüttelte die Gedanken an das Gespräch mit Edna ab. Die Brüder der Braut, ob nun Arzt, Ingenieur oder Lehrer, standen vor ihm und blickten betreten zu Boden.

Sloan sprach als Erster.

»Entschuldige, Kelly. Das war gemein. Du weißt, wie gut du aussiehst.«

Michael entging nicht die Doppeldeutigkeit, die in der Entschuldigung steckte, aber mehr durfte er wohl nicht erwarten.

Er drehte sich wieder zu Kelly und lächelte sie beruhigend an.

»Wir werden einen Weg finden, wie Sie ausreichend Erinnerungen schaffen können. Ich habe nichts gegen einen Fotografen im Hintergrund einzuwenden. Aber keine Zeitungsreporter, keine Filmaufnahmen, keine Scheinwerfer oder anderes, was von der Zeremonie ablenkt. Die Ehe ist ein Sakrament, und ich denke, Ihr Bruder und Ihre zukünftige Schwägerin werden es zu schätzen wissen, es nur mit der Familie und den engsten Freunden zu teilen.«

»Eins zu null für den Pater, Kelly. Hut ab. Das schafft nicht jeder.«

Michael fuhr verärgert zu den Brüdern herum.

»Reißen Sie sich zusammen!«

Er seufzte und blickte den Männern nacheinander in die Gesichter, die allesamt mehr schlecht als recht ein Grinsen unterdrückten.

Dann musste er eben die großen Geschütze auffahren.

»Wenn Sie sich nicht wie Erwachsene benehmen, dann versichere ich Ihnen, dass ich jeden Versuch, die Vorbereitungen zu stören, an Ihre Schwester weitergeben werde. Die dann entweder wütend«, Michael sah, dass die Männer davon wenig beeindruckt schienen, »oder traurig sein wird. Mit großen Tränen, die ihr die Wangen herunterlaufen werden.«

Er hatte am Vortag beobachtet, wie Hannah O'Keefe ihre Brüder in der Hand hatte. Die drei Männer waren völlig wehrlos, wenn ihre kleine Schwester sie mit großen Augen und bebender Unterlippe ansah. Und richtig, die drei zuckten bei dem Gedanken an ihre weinende Schwester kurz zusammen.

Michael sah auf seine Uhr. Erst vor fünfzehn Minuten war er aus der Sakristei getreten – und schon am Ende seiner Geduld.

»Gut. Dann werden wir jetzt einmal zusammen alles durchgehen.«

Kelly Murphy blickte sich suchend um.

»Wir sollten noch auf Collin und Vater warten.«

»Wo sind sie denn?«

»Sie sind im Hotel aufgehalten worden. Irgendetwas

Geschäftliches. Aber sie wollten sofort kommen. Und wo ist eure kleine Schwester?«

Grady O'Keefe lächelte.

»Sie wird nicht an der Probe teilnehmen. Sie und Collin haben sich entschieden, einander nach alter Tradition vierundzwanzig Stunden vor der Hochzeit nicht zu sehen. Also bleibt sie in Greenhill bei Fiona.«

»Bei Miss O'Connor wäre ich auch wirklich gerne.«

Sloan O'Keefe ließ keinen Zweifel daran, was er mit seiner Aussage meinte, und wurde als Reaktion prompt von einem seiner größeren Brüder getreten.

»Benimm dich!«

Er wandte sich an Kelly, die die Augen genervt verdreht hatte.

»Unsere Eltern warten draußen.«

»Hoffentlich werden die alten Herren einander nachher nicht an die Kehle gehen. Euer Vater ist ja nicht gerade für seine Manieren bekannt.«

Kelly zupfte eine unsichtbare Fluse von ihrem Ärmel und lächelte die O'Keefe-Brüder an. Die allerdings ließen sich nicht provozieren.

»Das stimmt. Vater ist kein feiner Pinkel, der seinen Feinden lieber von hinten in den Rücken fällt. Er hat schon immer geradeheraus gesagt, was er von jemandem hält.«

Der jüngste der Brüder grinste Kelly frech an.

»Aber keine Sorge, keiner wird deinem Daddy etwas zuleide tun. Unsere Mutter wird schon darauf achten. Und schließlich sind wir bald eine Familie, oder?«

Michael merkte, wie sich der erste Anflug von Kopfschmerzen hinter seinen Schläfen bemerkbar machte. Las Vegas, warum waren sie nicht nach Las Vegas gefahren …

3

Michael lehnte sich gegen die kühle Holzwand des Beichtstuhls und schloss die Augen. Die Probe war zwar ohne Zwischenfälle über die Bühne gegangen, aber die ständigen Sticheleien der O'Keefe-Brüder, die kaum zurückgehaltene Verachtung von Kelly Murphy und vor allem die nur mühsam im Zaum gehaltene Feindseligkeit zwischen Murphy und O'Keefe hatten an seinen Nerven gezerrt.

Fergus Murphy und John O'Keefe mochten zwar der Hochzeit von Collin und Hannah zugestimmt haben, aber es war sicherlich nur zähneknirschend geschehen. Und auch wenn beide Männer mittlerweile Ende sechzig waren, hatten sie einander doch mit geballten Fäusten beäugt, als würden sie sich jeden Moment prügeln wollen.

Michael hoffte sehr, dass das junge Brautpaar ausreichend Entfernung zwischen sich und die Familie bringen würde. Er sollte eigentlich dafür beten, dass die beiden Familienoberhäupter ihren Frieden miteinander fänden – aber manchmal war es besser, sich keine falschen Hoffnungen zu machen. Was immer die beiden Männer trennte, würde sich wohl nicht so einfach auflösen lassen. Und Kelly und die drei Brüder schienen nur allzu bereit, trotz der Hochzeit von Collin und Hannah die Fehde weiterzuführen.

Er hörte, wie die Tür zur Kirche geöffnet wurde und jemand mit langsamen Schritten näher kam. Die Beichtstunde am Samstagabend hatte eine lange Tradition, wurde aber nur noch von wenigen Gemeindemitgliedern genutzt. Viele der jüngeren Einwohner Ballinwroes gingen entweder gar nicht mehr zur Beichte oder suchten ihn lieber in der Sakristei zu einem Beichtgespräch auf. Die beiden Brautleute waren schon am Vortag nacheinander zu ihm gekommen. Im Angesicht dessen, was er selbst in seinem Leben schon an Bösem gesehen und erlebt hatte, waren die Dinge, die ihm dabei erzählt worden waren, nahezu harmlos, unschuldig. Eine Lebensbeichte, so war es vor einem so wichtigen Sakrament wie dem der Ehe vorgesehen. Hannah und Collin waren bisher auf jeden Fall nicht mit vielen Sünden in Kontakt gekommen. Wie es wohl wäre, so auf die Welt blicken zu können? So … unbeschwert? Michael dachte an seine eigene Vergangenheit und die Alpträume, die ihn wohl immer begleiten würden. Unbeschwertheit war etwas, was er seit Jahren nicht gefühlt hatte.

Die Schritte hatten kurz vor dem Beichtstuhl aufgehört, und Michael fragte sich, wer wohl gerade mit sich kämpfte. Dann öffnete sich der Vorhang, und jemand setzte sich ihm gegenüber.

»Im Namen des Vaters und des Sohnes und des Heiligen Geistes. Amen.«

Michael richtete sich auf und sprach die einleitenden Worte.

»Gott, der unser Herz erleuchtet, schenke dir wahre Erkenntnis deiner Sünden und seiner Barmherzigkeit.«

»Amen.«

Durch das vergitterte Fenster des Beichtstuhls fiel etwas Licht auf die Frau auf der anderen Seite, aber Michael hatte ihre Stimme sofort erkannt.

»Pater, ich habe gesündigt. Ich …«

Ihre Stimme brach. Er konnte spüren, wie sie um Fassung rang, und wartete ab.

»Willst du mir erzählen, was geschehen ist?«

»Nein.«

Michael lehnte sich zurück. Damit hatte er nicht gerechnet.

»Ich kann nicht.«

Die Stimme der Frau war leise, und er konnte die Qual heraushören. Was immer sie davon abhielt, über das Geschehene zu sprechen, es war stark und – das spürte er deutlich – größer als alles, was er ihr gerade an Sicherheit bieten konnte. Also schwieg er gemeinsam mit ihr, bis er sich vorbeugte und ihr mit leiser Stimme die Fragen stellte, die ihm die Beichte vorgab.

»Bereust du vor Gott aus vollster Seele, was du getan hast?«

Er merkte, wie die Frau vor ihm unter seiner Frage zusammenzuckte, als hätte er sie geschlagen. Was sollte er bloß tun?

»Ja, jeden Tag meines Lebens. Aber ich kann nicht anders, als weiterhin zu schweigen. Auch wenn es Momente gibt, in denen ich nur noch schreien möchte.«

Michael schloss die Augen. Das Leid in der Stimme der Frau traf ihn mit voller Wucht.

»Pater, glauben Sie, dass Gott mir verzeiht, wenn ich andere vor Schmerz schützen will? Auch, wenn dies durch eine Sünde geschieht?«

Michael wünschte sich weit weg aus dem Beichtstuhl, raus auf die offenen Felder, wo er die Frau nicht nur durch das enge Gitter sehen könnte. Wo sie den weiten Himmel über sich hätten und er vielleicht in der Lage wäre, ihr zu helfen. Wo sie vielleicht sprechen könnte. Aber hier, in der Kirche, innerhalb der hölzernen Wände des alten Beichtstuhls, war seine Aufgabe eine andere. Er wusste das, und sie wusste es auch.

»In der Beichte geht es darum, dass du deine Sünden vor Gott bekennst und sie bereust. Er wird deine Reue erkennen.«

»Ich bekenne vor Gott, dass ich mich gegen meine Familie, mein Kind und Gott versündigt habe. Ich bereue, was ich getan habe, und ich wünschte mit aller Kraft, dass ich es ungeschehen machen könnte. Jeden Tag meines Lebens wünsche ich mir, es wäre nie geschehen.«

Michael schwieg.

Die Frau sprach leise weiter, ihre Stimme klang nun gefasster.

»Ich habe meine Sünden schon so oft gebeichtet, habe gehofft, dass es mir Erleichterung verschaffen, vielleicht sogar Frieden bringen würde. Aber es geht nicht. Ich kann es nicht aussprechen, ich kann keine Wiedergutmachung leisten und …«

Sie hielt inne, und Michael meinte fast, ihren Herzschlag hören zu können.

»Und ich kann mir selbst nicht vergeben, was ich getan habe.«

Die Stimme war so leise geworden, dass Michael sie kaum noch verstand. Dann war es still.

Er holte Luft. Es gab Dinge, die nicht in seiner Macht standen, die er in die Hände Gottes legen musste. Darum ging es. Das war das, was er hier am Ende der Welt in einem kleinen irischen Dorf wieder lernen wollte. Wenn er sich den jämmerlichen Rest seines Glaubens erhalten wollte, wenn er nicht völlig brechen wollte mit dem, was er immer für den Mittelpunkt seines Lebens gehalten hatte, dann musste er vertrauen.

»Gott, der barmherzige Vater, hat durch den Tod und die Auferstehung seines Sohnes die Welt mit sich versöhnt und den Heiligen Geist gesandt zur Vergebung der Sünden. Durch den Dienst der Kirche schenke er dir Verzeihung und Frieden. So spreche ich dich los von deinen Sünden. Im Namen des Vaters und des Sohnes und des Heiligen Geistes.«

»Amen.«

4

Fiona hatte Tante Moira und Hannah schließlich doch alleine gelassen und machte sich auf den Weg die Treppe hinunter in die Küche. Das Kleid war fast fertig bestickt, und die beiden Frauen, getrennt durch mehr als sechzig Jahre und vereint durch die festen Bande der Familie, würden gemeinsam die letzten Stiche ausführen.

Fiona wusste, dass sie das Bild der so unterschiedlichen Hände – alt neben jung, von Falten gezeichnet und makellos glatt –, die mit Nadel und Faden geschickt über den weißen Stoff huschten, so schnell nicht vergessen würde. Sie seufzte, als sie an die von Arbeit und Sonne immer rauen Hände ihrer Mutter dachte und daran, dass sie niemals so verbunden gewesen waren.

Als Fiona ihren Eltern mit sechzehn von ihrer Schwangerschaft berichtet und sich dann geweigert hatte, den Kindsvater zu heiraten, hatten sie sich von ihr abgewandt. Die letzten Worte, die sie je mit ihnen gesprochen hatte, waren Worte des Zornes und der Enttäuschung gewesen. Sie konnte sich heute noch an das Gefühl purer Angst und Verzweiflung erinnern, als ihr klar geworden war, dass sie ihr Heimatdorf und ihr Zuhause verlassen musste. Aber heute war keine Zeit für solche Gedanken. Heute hatte sie noch viel zu viel zu tun.

Als sie sich der Küchentür näherte, drang ihr aus dem Radio die Ballade einer irischen Boyband der Neunziger entgegen – mitsamt einer Frauenstimme, die lauthals und ziemlich textsicher mitsang.

»No matter what they tell us, no matter what they do, no matter what they teach us, what we believe is true …«

Lächelnd blieb Fiona in der offenen Küchentür stehen und sah zu, wie Leah McGowan in ihrer weinroten, taillierten Kochjacke aus einem weißen Material mit geschickten Handgriffen kleine Blüten formte und auf das oberste Stockwerk einer beeindruckenden Hochzeitstorte setzte.

Fiona war stolz auf die Küche, die sie im Erdgeschoss des modernen Anbaus eingerichtet hatte. Traditionelle Holzschränke wechselten sich ab mit professionellen Edelstahlarbeitsflächen, einem großen, achtflammigen Gasherd und mehreren Backöfen. Eine kleine Tür führte in den begehbaren Kühlschrank, in dem Fiona und Millie, ihre einzige und mit ihrer Zuverlässigkeit und Ruhe unbezahlbare Aushilfe, penibel Ordnung hielten.

Fiona selbst war eine gute Köchin, und obwohl sie im Greenhill Cottage meist nur für das regionale und üppige Frühstücksbuffet in der Küche stand, war der Raum trotzdem als vollständige Hotelküche ausgestattet.

Doch das, was Leah gerade zauberte, überstieg Fionas Erwartungen bei Weitem. Sie wusste, dass die Tochter von Nathan Flynn, dem Bürgermeister von Ballinwroe, in London und Paris eine Ausbildung in der Patisserie durchlaufen hatte, aber die Torte auf dem Tisch war ein wirkliches Kunstwerk.

Sie hatte drei Stockwerke, die sich nach oben hin verjüngten und sehr klassisch angeordnet waren. Leah hatte alle Stockwerke mit Fondant überzogen und ein feines Muster, das an bestickte Seide erinnerte, in die Masse gedrückt. Doch das war erst der Anfang. Denn diese wunderbar schlichte und doch so kleinteilig ausgearbeitete Torte saß auf einer Art Wiese, die ganz und gar aus strahlend farbig blühenden Blumen zu bestehen schien. Fiona wusste, dass sich unter dem Blütenteppich Schichten aus Teig mit einer Füllung aus weißer Schokoladensahne und Erdbeeren befanden. Hannahs Wunsch. Und der obere Teil, die klassische Torte, war mit einer Schoko-Kaffee-Creme gefüllt. Collins Wunsch.

Fiona hatte bisher die meisten Hochzeitstorten eher aus dem Augenwinkel betrachtet, weil es traditionell eben dazugehörte. Aber Leahs Torte strahlte eine Art von Glück aus, dass wahrscheinlich jeder bei ihrem Anblick lächeln müsste. Und – das fand Fiona fast noch bemerkenswerter – die Torte sah lecker aus. Der Fondant wirkte nicht wie Plastik, die Blumen leuchteten nicht grell und künstlich, sondern erinnerten in ihren Farben an Sommer und Obst, und Fiona meinte, sie fast riechen zu können. Als sie leise näher trat, merkte sie, dass die Blumen wirklich rochen. Leah musste der Modelliermasse etwas beigemischt haben, was Fiona das Wasser im Munde zusammenlaufen ließ.

»Leah, die Torte ist ein Traum!«

Beim Klang von Fionas Stimme fuhr Leah erschrocken herum und verzog das eben noch zufrieden versonnene Gesicht zu einer finsteren Miene.

»Fiona.«

Es war, als wäre die Wärme aus der Küche verschwunden. Fiona lächelte bemüht weiter, als hätte sie nichts bemerkt.

Das Problem zwischen ihnen war nicht schwerwiegend, aber scheinbar unlösbar: Leah hatte den Mann geheiratet, von dem Fiona damals ihr Kind erwartet hatte. Dylan McGowan, einige Jahre älter als Fiona und ihr großer Jugendschwarm, mittlerweile Besitzer der örtlichen Sägemühle und Tischlerei. Er hatte Fiona und – was vielleicht noch mehr wog – sich selbst nie verziehen, was in jenem Sommer passiert war.

Als ihrer beider Eltern einfach über ihre Köpfe hinweg eine Hochzeit als einzigen Ausweg festgelegt hatten, hatte Dylan zugestimmt. Dass Fiona weggegangen war, es abgelehnt hatte, an seiner Seite im Dorf zu bleiben, war der erste Schlag gewesen. Der zweite Schlag folgte, als sich im Dorf das Gerücht verbreitete, Fiona hätte das Baby in Dublin abgetrieben. Was nicht stimmte, auch wenn sie aus Verzweiflung kurz davor gewesen war. Fiona hatte aus Angst und Scham so lange ihre Schwangerschaft verschwiegen, bis es zu spät gewesen war.

In Dublin hatte sie Arbeit als Zimmermädchen gefunden, mit einem erschwindelten Namen und falschem Alter. Doch als die anderen Zimmermädchen Fionas Schwangerschaft bemerkten und der Hotelchefin davon erzählten, hatte diese sie zu sich gerufen. Und so hatte sie hilflos dagestanden, in ihrer weiten Bluse, blass und darauf gefasst, gefeuert zu werden. Doch die Chefin des

Hotels, Orla King, war so anders gewesen, als Fiona erwartet hatte.

Mit ihrer Hilfe hatte Fiona das letzte Drittel der Schwangerschaft überstanden, und Orla hatte eine Adoptivfamilie für das Baby gefunden. Fionas Mädchen war im April zur Welt gekommen, klein, aber gesund. Ihr Heimatdorf, auch ihre Eltern und Dylan hatten aber schon Monate zuvor über sie gerichtet.

Bisher wussten nur Pater Moran und Leah, dass Fiona ein gesundes Baby zur Welt gebracht hatte. Und Leah hatte Fiona das Versprechen abgenommen, Dylan nicht davon zu erzählen. Sie befürchtete, dass er dann alle Hebel in Bewegung setzen würde, um seine Tochter zu finden. Allein bei dem Gedanken lief Fiona ein Schauder über den Rücken. Ihr Baby nach wenigen Stunden wegzugeben, Abschied zu nehmen für immer, war das Schwerste gewesen, was sie je in ihrem Leben getan hatte. Aber eben auch das Richtige, davon war sie nach wie vor überzeugt. Die Familie, die Orla gefunden hatte, hatte dem Baby alles geben können, wozu sie in ihrem Alter und mit ihrer Geschichte nur schwer in der Lage gewesen wäre. Sie wusste, dass es Frauen gab, die das so jung geschafft hatten, sogar gut geschafft hatten, aber sie selbst war zu der Zeit so wenig in der Lage gewesen, Stabilität zu geben. Ihre Wut auf ihre eigenen Eltern, die Wut auf Dylan und die Welt; das Gefühl, in etwas geraten zu sein, das ihre Kräfte überstieg. Nein. Sie mochte bei der Erinnerung an die winzigen Hände immer noch leiden, den Verlust betrauern. Aber sie war sich sicher, das Richtige getan zu haben. Und das Kind zu suchen, wäre so falsch. Sie wollte nicht, dass die junge Frau, die ihre Tochter mittlerweile war, aus ihrer Welt gerissen werden würde. Und Dylan würde es nicht tun, weil es das Beste für das Kind wäre, nein. Er würde es tun, weil es das Beste für ihn wäre. Also schwieg Fiona – und lebte damit, dass ein Teil der Dorfbewohner immer, wenn sie sie ansahen, auch ihre vermeintliche Schuld sahen.

Nach den Ereignissen im März war die Feindseligkeit, die ihr am Anfang entgegengeschlagen war, weniger geworden. Nathan Flynn, Leahs Vater und Besitzer des einzigen Hotels vor Ort, hatte die Westküste verlassen und seine Geschäfte Leah in die Hände gelegt. Nathan war derjenige gewesen, der Fiona das Leben besonders schwer gemacht hatte, sein Weggang war eine Erleichterung.

Wenn auch noch lange kein Frieden im Dorf herrschte, so war der Ton Fiona gegenüber offener geworden. Nur Leah wünschte sich nichts sehnlicher, als dass Fiona wieder nach Dublin oder weiß der Teufel wohin verschwände. Aber Fiona würde nicht gehen. Es war nicht ihre Schuld, wenn Dylan und Leah ihre Gegenwart kaum ertrugen.

Fiona schüttelte sich kurz. Sie würde niemandem erlauben, auch sich selbst nicht, die Hochzeitsfeier mit schlechten Erinnerungen zu stören.

Nur war es eben ausgerechnet Leah, mit der sie seit Wochen zusammenarbeiten musste, um die Hochzeit zu planen. Zu viele Gäste, um sie auf Greenhill unterzubringen, zu viele Gäste, um die Feier und das Essen alleine auszurichten. Fiona wusste, dass Leah genauso dringend wie sie auf Umsätze angewiesen war, und hatte sie daher ins Boot geholt. Wobei gezerrt, gelockt und bestochen wohl besser passte.

»Das ist eine der schönsten Torten, die ich je gesehen habe. Und ich sage dir, ich habe in Orlas Hotel so manche Torte gesehen.«

Leahs Gesicht entspannte sich ein wenig.

»Ihr habt mit dem Laden von den Sullivan-Schwestern zusammengearbeitet, oder?«

»Ja, sie haben die Torten meistens geliefert. Sie waren toll, keine Frage, aber deine hier …«

Fiona trat vorsichtig näher und umrundete den Küchentisch.

»Deine hier ist einfach perfekt. Die Blüten sind atemberaubend. Sie sehen genauso aus wie die, die wir gerade auf ihr Kleid gestickt haben. Hannah wird begeistert sein.«

Leah lachte vorsichtig.

»Hannah wäre auch von einer Kuchenmischung aus dem Supermarkt begeistert. Sie sieht eh nur Collin. Aber wenn ich es schaffe, Kelly zu überzeugen …«

Fiona wusste, was Leah meinte. Kelly Murphy war ein harter Brocken. Sie hatte jeden einzelnen von Fionas Vorschlägen für die Feier kritisiert und war erst von ihrem Bruder gebremst worden, der schließlich ein Machtwort gesprochen und Fiona freie Hand gegeben hatte. So war aus Kellys Ideen einer eleganten und feudalen Hochzeit eine leichte Maihochzeit mit Wiesenblumen, hellen Farben und wehenden Stoffen geworden. Eine romantische Elfenhochzeit, die perfekt zu Collin und Hannah passte.

»Oh, Kelly. Ja. Das ist eine andere Nummer. Aber ich bin mir sicher, noch nicht mal sie wird etwas an dieser Torte auszusetzen haben. Ich meine, deine Blüten duften! Das habe ich noch nie erlebt. Wenn sich das herumspricht, wirst du mehr Anfragen bekommen, als du zählen kannst. Darauf wette ich.«

Vorsichtig sah sie Leah an und räusperte sich.

»Magst du einen Tee? Ich wollte mir gerade eine Tasse kochen, bevor ich mich all den Dingen zuwende, die ich noch zu erledigen habe.«

Leah zögerte.

»Komm schon. Ich weiß noch aus meiner Zeit in der Küche, wie weh mir die Füße nach dem stundenlangen Stehen immer taten. Du hast dir wirklich eine Pause verdient.«

Fiona hatte bei ihrer Ausbildung in Orlas Häusern alle Bereiche durchlaufen müssen. Und dann später, als klar wurde, dass Orla sie zur Managerin ihres Haupthauses machen würde, erneut. Die jeweiligen Küchenchefs hatten sie nicht geschont, so etwas duldete Orla nicht. Und so hatte sie alles über die Abläufe einer Hotelküche, über gutes Essen und schmerzende Füße nach 12-Stunden-Schichten gelernt.

Leah gab nach.

»Ja, ein Tee wäre gut.«

Fiona stellte den Wasserkocher an, wärmte die Teekanne vor und wog die Teeblätter mit der Hand ab, bevor sie sie mit dem nicht mehr sprudelnden Wasser übergoss. Leah hatte sich in der Zwischenzeit vorsichtig an den Küchentisch gesetzt und war mit den Füßen aus den weißen Clogs geschlüpft, die sie in der Küche getragen hatte.

Fiona trug die Teekanne, ein Kännchen mit frischer Milch und eine Schüssel mit braunen Zuckerwürfeln an den Tisch und setzte sich Leah gegenüber.

»Die Kochjacke steht dir gut.«

»Ich habe vergessen, wie gerne ich meinen Beruf mochte. Ich meine, ich freue mich, dass ich jetzt alleine für das Hotel verantwortlich bin und dass ich endlich einiges ändern kann, aber so in der Küche zu stehen und einfach konzentriert an einer Sache zu arbeiten mit dem Ziel, dass es perfekt wird … Vielleicht hätte ich doch in Paris bleiben sollen.«

Leah schaute wehmütig in ihre Teetasse, bis ihr wohl auffiel, mit wem sie in der Küche saß, und sich ihre Miene wieder verschloss.

Fiona schwieg. Sie wusste, dass Leah damals nicht ganz freiwillig wieder zurück in ihr Heimatdorf gekommen war. Ihr Vater hatte sie zurückbeordert, ihre Hilfe eingefordert im Familienbetrieb, und Leah hatte gehorcht und ihre eigenen Träume beiseitegeschoben. Mit der Heirat von Dylan, der in Ballinwroe und der Tischlerei seiner Familie so fest verwurzelt war wie eine alte Eiche, hatte sie sich dann wohl endgültig von einem Leben in Paris oder anderswo verabschiedet.

»Du hast in wenigen Wochen das Hotel schon so verändert. Ich hätte das nicht für möglich gehalten. Du hast phantastische Arbeit geleistet. Wenn ich könnte, würde ich dich sofort anstellen.«

Fiona versuchte, ihren Ton möglichst sachlich zu halten.

»Ja?«

»Ja, aus Perspektive einer ehemaligen Hotelmanagerin, unabhängig von allem, was zwischen uns ist: Das ist verdammt gute Arbeit.«

Fiona sah Leah in die Augen und hoffte, dass sie ihren Worten Glauben schenken würde. Denn sie meinte ernst, was sie sagte. Das Ballinwroe Inn war zu Zeiten von Leahs Vater ein in die Jahre gekommenes Hotel mit einer Ausstattung aus den achtziger Jahren gewesen. Die Zimmer waren erdrückt worden von dunklen Vorhängen, Teppichen und Möbeln mit Mahagonifurnier. Auch die Bar, der kleine Restaurantbereich und der Frühstücksraum waren dunkel und wenig einladend gewesen. Nathan Flynn hatte sich zu lange darauf ausruhen können, das einzige Hotel in der Umgebung zu sein, und von den Touristen gelebt, die die Cliffs und die weiter nördlich gelegene Landschaft der Burren ansehen wollten, ohne zu viel Geld auszugeben.

Leah hatte als Erstes begonnen auszumisten. Die alten Teppiche waren rausgerissen und in einer Nacht-und-Nebel-Aktion durch helle Böden ersetzt worden. Der Effekt auf die Räume war riesig. Auch alle Vorhänge und Vorhangstangen waren verschwunden und durch helle

Stoffe und unauffällige Verdunklungsrollos ersetzt worden. Ohne Dylan und die Arbeiter seiner Firma wäre das Ganze sicherlich nicht so schnell gelungen. Neue Wandfarbe überdeckte den Gilb der letzten Jahrzehnte, die ersten zehn Zimmer waren mit neuen Möbeln ausgestattet worden. Fiona wusste, dass Leah alle Zimmer so renovieren und die Badezimmer erneuern wollte und daher auf der Suche nach Investoren war. Der Frühstücksraum war gelüftet, von Vorhängen und Tischdecken befreit und mit Tischen aus Dylans Werkstatt eingerichtet worden.

Das Haus würde, wenn es fertig wäre, klar, schlicht und bodenständig sein. Helle Stoffe, helles Holz und ein Konzept, das möglichst viele Leute ansprechen würde. Keine Individualität, aber ein freundliches und sauberes Hotel.

»Hast du eigentlich Pläne für das Restaurant?«

Sie sah, wie Leah rot wurde. Fiona lächelte. Sie hatte sich schon gedacht, dass das Hotel nur der Nebenschauplatz von Leahs Plänen war. Wer sich in einer Küche so wohlfühlte wie die blonde Frau vor ihr, würde den Schwerpunkt sicherlich dort setzen.

»Ich …«

Doch bevor Leah antworten konnte, hörten sie Stimmen vor der Tür, die wenige Sekunden später mit einem lauten Krachen geöffnet wurde.

Herein kam ein Mann Anfang sechzig, dessen breiter, untersetzter Statur ein Leben voller Arbeit anzusehen war.

Die schlanke Frau neben ihm war etwas größer als ihr Mann, mit breiten Schultern und einer energischen Kinnpartie. Die von grauen Strähnen durchzogenen Haare waren zu einer praktischen Kurzhaarfrisur geschnitten. Die Schatten unter den hellblauen Augen machten deutlich, wie müde sie war. Fiona musste lächeln, weil die drei O'Keefe-Brüder ihr Aussehen vor allem ihrer Mutter zu verdanken hatten.

Der Mann drehte sich in der Küche zu seiner Frau um.

»Ich sage dir, egal, ob Hannah den jungen Murphy heiratet oder nicht – ich werde den alten Fergus nicht länger als absolut nötig ertragen. So einen arroganten, aufgeblasenen und dämlichen Schweinskopf habe ich mein Leben lang nicht gesehen.«

Fiona lachte laut auf und sah zu ihrem Vergnügen, wie John O'Keefe, Vater der Braut, bis zu den Ohrenspitzen rot anlief.

»Oh, entschuldigt. Fiona, Leah – ich habe mich etwas vergessen.«

Mrs O'Keefe war vor der Torte stehen geblieben und drehte sich nun mit glänzenden Augen zu Leah um. Sie schien die Flüche ihres Mannes einfach nicht wahrnehmen zu wollen. Fiona musste grinsen.

»Die Torte ist ein Traum!«

Dann sah sie ihren Mann mit einem Blick an, den sie wahrscheinlich über viele Jahre hinweg ihm und ihren Söhnen gegenüber zur Perfektion gebracht hatte.

»Du wolltest dich umziehen.«

»Jaja, ich gehe schon. Aber Fergus ist trotzdem ein kleines, hinterhältiges Wiesel.«

Mit einer Mischung aus Trotz und einem Zwinkern in den Augen wandte er sich an Fiona.

»Bekommt ein Mann, der gerade eine Ewigkeit seinen Mund halten und in einer kalten Kirche rumstehen musste, vielleicht eine Tasse Tee? Und riecht das hier nicht auch irgendwie nach Plätzchen?«

Fiona, die den bulligen Mann, der über zig Ecken mit ihr verwandt war, schon immer in ihr Herz geschlossen hatte, lächelte, stellte schnell eine Tasse Tee und eine Schale mit Keksen auf ein kleines Tablett und drückte es Mr O'Keefe in die Hand.

»Hier.«

Er grinste, gab zuerst ihr und dann seiner Frau, die ihn mit hochgezogenen Augenbrauen und einem Lächeln in den Augen beobachtete, einen Kuss auf die Wange und verließ dann die Küche in Richtung Gästezimmer. Fiona konnte noch hören, wie er summend einige weitere malerische Bezeichnungen für den Brautvater von sich gab.

Mrs O'Keefe ließ sich mit einem lauten Seufzer auf die Küchenbank sinken.

»Ich weiß nicht, wie ich die beiden Männer morgen den ganzen Tag voneinander fernhalten soll. Und meine drei missratenen Söhne und Kelly sind auch nicht wirklich besser. Ich mache drei Kreuze, wenn der Tag morgen ohne eine Katastrophe vorbeigeht.«

Fiona hatte auch ihr eine Tasse Tee vorgesetzt und holte nach einem Blick in das blasse Gesicht der Brautmutter eine kleine Flasche aus einem der oberen Küchenschränke und goss einen ordentlichen Schuss davon in den dampfenden Teebecher.

»Was ist das?«

»Kennst du noch meine Freundin Katelyn Bell? Die Künstlerin? Sie lebt etwas weiter oben am Fluss in dem blauen Cottage und hat ihn letztes Jahr nach einem alten Rezept ihrer Großmutter angesetzt. Ich finde, er wirkt Wunder, sie sollte die Rezeptur an den Meistbietenden verkaufen.«

Mary O'Keefe roch vorsichtig an der Tasse und zuckte dann mit den Schultern.

»War ihre Großmutter nicht die inoffizielle Hexe des Dorfes? Aber heute nehme ich alles dankend an, was hilft, die Nerven zu bewahren.«

Leah schüttelte den Kopf, als Fiona ihr eine weitere Tasse Tee einschenken wollte. Mary nahm einen großen Schluck aus ihrer Tasse.

»Ich bin wirklich froh, wenn ich wieder in Dublin bin.«

Sie sah erschrocken auf.

»Also nicht, dass du das falsch verstehst! Dein Cottage ist wunderbar, die Hochzeit wird toll. Hannah ist so glücklich und aufgeregt. Aber ich vermisse mein Zuhause.«

Fiona griff nach ihrer Teetasse.

»Habt ihr es je bereut? Also, nach Dublin zu ziehen?«

»Ach, was heißt bereut. Es war ja nicht so, dass wir eine Wahl hatten. Hier gab es keine Chance zu überleben. Wir mussten jedes Jahr mehr Schulden machen, um den Hof überhaupt am Laufen zu halten. Und dann waren da ja noch die Kinder. Der Anfang in Dublin war schwer, aber ehrlich gesagt wurde es immer besser. Ich ging zur Arbeit und hatte zu einer normalen Zeit Feierabend. Und die Kinder konnten zu Fuß zur Schule gehen, Musikunterricht nehmen, die Dinge tun, die hier auf dem Land nie möglich waren.«

Sie sah aus dem kleinen Fenster, das Fiona über der Spüle hatte anbringen lassen.

»Es war gut für uns, den Hof zu verkaufen. Aber John bekommt jedes Mal feuchte Augen, wenn er hier über die Felder geht. Die ersten Jahre in Dublin stand er so oft am Fenster unserer Wohnung und starrte in den Himmel. Die Kinder und die Arbeit haben ihm Halt gegeben.«

Fiona wusste, dass John O'Keefe nach seiner Ankunft in Dublin schnell eine Arbeit bei der Bahn gefunden hatte und dort gutes Geld verdiente.

»Und du?«

»Ich? Ob ich es bedauere, in eine helle Wohnung nach Dublin gezogen zu sein, wo ich allen Komfort habe? Weg von einem zugigen Hof, dessen Wasserversorgung noch über eine altersschwache Brunnenpumpe lief und der im Winter mit einem alten Kohleofen beheizt wurde; auf dem ich neben den Kindern rund um die Uhr Arbeit hatte, wo es auch keinen Fernseher gab und der nächste Laden – ausgenommen natürlich Ednas Nachrichtenzentrale – sechzig Kilometer entfernt war? Nein, nie. Wenn ich das hier vermisse, dann kann ich mich jederzeit ins

Auto setzen und hierherkommen. Aber ich freue mich auch jedes Mal, wenn ich zurück in die Stadt komme, ich meine Freundinnen sehe und wieder arbeiten kann.«

Sie nahm einen großen Schluck aus ihrer Teetasse.

»Ohne dabei bis zum Rand der Gummistiefel in Kuhscheiße zu stehen.«

Fiona musste lachen.

»In Ordnung. Also wenn du es so ausdrückst, hat sich meine Frage wohl erübrigt.«

Mary trank noch einen Schluck und schüttelte den Kopf.

»Dublin war das Beste, was mir je geschehen konnte. Ich habe damals im Buchladen im Viertel zu arbeiten angefangen. Zuerst nur als Aushilfe, als Hannah klein war. Aber nach und nach habe ich mehr Verantwortung bekommen, und nun gehört mir der Laden sogar.«

Sie sah sich in der Küche um und dann zu Fiona.

»Aber du hast beides, oder? Dein eigenes Geschäft und den Himmel, den John immer so vermisst.«

Fiona dachte an Dublin, an all das Schöne, was sie dort zurückgelassen hatte. Die Arbeit, die Verantwortung, die schicke Kleidung, die Dates und Veranstaltungen. Und dann an den Himmel hier, der sie morgen früh wieder begrüßen würde, wenn sie mit ihrer Hündin Eanáir aus der Tür ihres kleinen Häuschens hinter dem Obstgarten trat. Und sie war froh, dass es so war.

»Ja. Ich habe beides.«

Sie musterte Leah, die den Blick gesenkt hielt. Fiona war sich nicht sicher, ob nicht auch sie Ballinwroe sofort gegen Dublin oder vielleicht auch jeden anderen Ort eintauschen würde.

Mary stellte ihre Tasse ab.

»Hochzeiten machen einen immer so rührselig, oder? Ich hätte ja nie gedacht, dass gerade meine Jüngste die Erste ist, die John zum Altar führen wird. Eigentlich hatte ich immer gedacht, ich wäre ihm mit den Jungs als Brautmutter drei Hochzeiten voraus. Aber nein, die Rabaukenbande zieht es geschlossen vor, in wilder Ehe zu leben. Und Hannah bekommt eine Märchenhochzeit in Weiß.«

Sie schüttelte den Kopf.

»Ich gehe mal nach ihr sehen, damit wir noch einmal gemeinsam rührselig in Erinnerungen schwelgen können.«

Fiona zeigte mit dem Finger zur Küchendecke.

»Sie sitzt mit Tante Moira oben. Moira erzählt einen Haufen Geschichten von früher. Wir haben das Kleid bestickt.«

»Hannah alleine mit Moira?«

Ein kurzer Schatten huschte über Marys Gesicht, aber Fiona wusste nicht genau, warum.

»Ja, Moira ist mit der Nadel immer noch viel geschickter als ich. Und Hannah tut, glaube ich, eh nur so, als würde sie sticken.«

Mary reagierte nicht und starrte nachdenklich auf die Zimmerecke. Dann schien sie sich einen Ruck zu geben und ging zur Treppe, die ins obere Stockwerk führte.

Fiona stand auf und stellte Marys Tasse in die Spülmaschine, dann sah sie zu Leah, die immer noch am Tisch saß.

»Warst du auch so aufgeregt, als du geheiratet hast?«

In dem Moment, in dem sie die Frage stellte, wurde ihr klar, dass sie einen Fehler gemacht hatte. Dylan und alles, was mit ihm zu tun hatte, waren Tabuthemen für sie. Leah starrte sie einfach nur an und stand auf.

»Ich muss das hier fertig machen, und dann verschwinde ich.«

»Leah, ich …«

»Ich brauche vielleicht noch zehn Minuten, dann hast du deine Küche wieder für dich alleine.«

Fiona seufzte. Dann spielte sie die Karte aus, von der sie wusste, dass sie zog.

»Kommst du übermorgen in den Pub? Evan hat die Musiker zu einer Session eingeladen.«

Eine Session war eine altehrwürdige Tradition in irischen Pubs. Der Wirt lud die Musiker der Umgebung ein, und diese machten dann einen Abend lang zusammen traditionelle Musik. Das Bier und Essen war für sie frei. Es gab eine Art Grundstock, ein Erbe an traditionellen Liedern, die die meisten kannten. Offiziell sollte bei einer Session keiner die Leitung übernehmen, doch insgeheim gab es zwischen den Musikern ein klares Gespür für Können und – vielleicht konnte man es am besten Herz nennen. Wer es schaffte, sein Können mit seinem Herzen zu verbinden, war derjenige, der die Reihenfolge der Lieder bestimmte und den jeder neu dazukommende

Musiker mit einem kurzen Blickwechsel um Erlaubnis bitten musste, einsteigen zu dürfen. Fiona hatte vor einigen Monaten ihre alte Geige wieder aus dem verstaubten Koffer geholt, in dem sie Jahre eingesperrt gewesen war, und sich getraut, im Pub zu spielen. Die Musik war schon früher wie Medizin für sie gewesen, und sie war so froh, sie wieder für sich entdeckt zu haben. Schon ihr Vater hatte im Pub Geige gespielt, und so hatte sie etwas gefunden, das sie mit ihm verband. Auch Leah war damals mit ihrer Flöte dort gewesen. Die Musik wurde so zu dem einzigen Moment, in dem zwischen ihnen eine Art Waffenstillstand zu herrschen schien.

»Ja, ich komme. Und nun lass mich arbeiten. Hast du denn nichts mehr zu tun?«

Fiona warf Leah einen frustrierten Blick zu, dann ging sie zur Tür, die in das alte Cottage führte. Erst als diese hinter ihr zugeschlagen war, grinste sie breit. Vielleicht bestand doch noch eine kleine Chance, dass sie und Leah in Frieden zusammenleben könnten. Vielleicht.

5

Erschöpft lehnte sich Fiona gegen die Wand der umgebauten Remise neben dem Cottage und sah dem bunten Treiben vor sich zu. Die Remise war ihr neustes Projekt. Schon beim Umbau des Cottage hatte sie zusammen mit der Architektin aus Dublin vor der hohen Scheune gestanden, in der früher die Pferdewagen und später der altersschwache Transporter ihres Vaters untergebracht worden waren. Eine weitere Möglichkeit, Gäste zu beherbergen. Zusammen mit den angrenzenden Ställen würden sie aus der Remise ein Ferienapartment machen. Von außen sollten das alte Holz und die für die Region typischen Feldsteine erhalten bleiben, innen würde alles in modernem Luxus glänzen. Die Handwerker hatten bisher nach den Plänen der Architektin die Gebäude bis auf die Außenmauern entkernt und damit begonnen, im Inneren die neuen Räume entstehen zu lassen. Da Fiona ihren Gästen aber keinen Baulärm zumuten wollte, würden die Arbeiten erst im Herbst fortgesetzt werden.

Als Hannah sie gebeten hatte, am Vorabend der Hochzeit eine kleine Feier für die Freundinnen und Frauen der Familie auszurichten, hatte sie sofort an die großen, noch leeren Räume gedacht. Der Frühstücksraum über der Küche war schon geschmückt und eingedeckt für die Feier und, bei aller Schönheit, auch einfach zu formal. Und so hatte Fiona den Rohbau mithilfe von großen Holztischen, unzähligen Lichterketten und Lampions,

Blumenvasen und einer Menge Stoff in eine Märchenwelt verwandelt. Es gab ein Buffet mit Fingerfood aus lauter heimischen Produkten und eine Pyramide aus kleinen, saftigen Muffins, die Leah gebacken hatte. Eine große Schüssel mit einer selbst gemachten Maibowle, deren Alkoholanteil Fiona so gering gehalten hatte, dass weder Braut noch Brautjungfern am nächsten Tag verkatert zur Hochzeit erscheinen würden, stand auf einem Tisch an der Seite des Raumes und wurde eifrig geleert. Die Stimmung war ausgelassen, und Fiona wurde von lauter fröhlichen und vom Lachen und Tanzen geröteten Gesichtern angestrahlt.

Collin hatte seinen Junggesellenabschied mit seinen Freunden glücklicherweise schon vor einigen Tagen in Dublin gefeiert, und so saßen die Männer an diesem Abend zusammen in Ballinwroes Pub und spielten dort Poker. Der Wirt, Evan Gallagher, ein alter Freund von Fiona und die gute Seele des Dorfes, hatte versprochen, ein Auge auf den zukünftigen Bräutigam zu haben. Fiona hoffte, dass das gut gehen würde.

»Hier, trink etwas.«

Ihr wurde ein Glas mit Bowle in die Hand gedrückt, und dankbar schaute Fiona auf. Vor ihr stand Moira, wie immer in einem dunklen Kleid, zu dem sie aber zur Feier des Tages ein Schultertuch in einem leuchtenden Maigrün trug.

»Das Tuch, ist das von Katelyn?«

Katelyn Bell war eine Kindheitsfreundin Fionas und pendelte als Künstlerin zwischen ihrem Atelier in London und ihrem kleinen Cottage außerhalb von Ballinwroe hin und her. Sie hatte sich vor allem einen Namen mit ihren gewebten Wandbildern gemacht.

»Ja, das stimmt. Ich war eine gute Freundin von Katelyns Großmutter, auch wenn Gwen einige Jahre älter war als ich. Ich habe das Mädchen gestern besucht, und sie hat mir dieses wunderschöne Tuch geschenkt.«

Fiona musste ein Lächeln unterdrücken. Katelyn, eine gestandene Frau und zwei Jahre älter als Fiona, war sicherlich seit Jahren von niemandem mehr als Mädchen bezeichnet worden.

»Du hast wahre Wunder mit dem Raum hier geleistet. Es sieht aus, als wären wir mitten in Titanias Elfenwald gelandet.«

Fiona wurde rot vor Freude. Genau das hatte sie bei der Dekoration im Sinn gehabt. Shakespeare, der Sommernachtstraum, Titanias Laube.

»Danke. Ich wollte, dass für Hannah alles perfekt ist. Aber erzähl gerne überall weiter, was für phantastische Hochzeiten man im Greenhill Cottage feiern kann!«

Moira lachte.

»Das werde ich. Und sieh mal, wer da kommt!«

Hannah trat auf die beiden zu und sah in ihrem hellen Kleid, mit dem Blumenkranz auf den offenen dunklen Haaren und dem glücklichen Lächeln im Gesicht wirklich aus wie eine Elfe.

»Tante Moira, Fiona!«

Sie legte Moira den Arm auf die Schulter.

»Ich brauche eine kurze Pause. Wenn ich noch einmal

von einer meiner Freundinnen hören muss, wie sehr sie mich an der Uni vermissen werden, fange ich an zu heulen.«

»Hast du denn wirklich vor, dein Studium abzubrechen?«

Fiona hatte die Frage gestellt, ohne nachzudenken, und hoffte, dass Hannah es ihr nicht übel nehmen würde. Aber die lachte nur.

»Nein, im Gegenteil! Nachdem ich Collins Antrag angenommen hatte, war mir klar, dass ich meinen Abschluss am besten vorziehen würde. Ich habe mich hingesetzt und eigentlich durchgehend gelernt und an meiner Abschlussarbeit geschrieben. Nach unserer Hochzeitsreise werde ich meine letzte Prüfung ablegen.«

Moira drückte Hannahs Arm, und Fiona erkannte den Stolz in ihren Augen.

»Und für deine Arbeit hast du die Bestnote bekommen, oder?«

»Ja. Ich will unbedingt einen guten Abschluss mitbringen. Das ist so etwas wie mein Hochzeitsgeschenk an Collin. Er wird ja nach und nach das Geschäft von seinem Vater übernehmen müssen, ob er will oder nicht. Und da er mehr Ahnung von der Pferdezucht hat als von Bilanzen, werde ich ihm dabei sehr helfen können. Wir werden also nicht nur verheiratet sein, sondern auch zusammenarbeiten. Es passt perfekt, oder?«

»Und das lässt der alte Fergus Murphy zu?«

In Moiras Stimme war mehr als nur ein leiser Zweifel zu hören, und Fiona sah neugierig auf.

»Nun, er weiß es noch nicht. Aber was soll er denn schon sagen? Ich bin ja nicht nur Collins Frau, sondern bringe auch einen Abschluss von einer der besten Universitäten des Landes mit. Es wäre doch dumm, mich nicht mitarbeiten zu lassen. Collin wird sich da schon durchsetzen.«

Bevor Moira etwas sagen konnte, kam eine von Hannahs Freundinnen kichernd herüber und zog die zukünftige Braut mit sich auf die Tanzfläche.

Fiona sah Moira skeptisch an.

»Glaubst du, der alte Murphy lässt Hannah wirklich mitarbeiten?«

Moira seufzte und sah Hannah mit einem merkwürdigen Blick hinterher. Dann drehte sie sich zu Fiona um.

»Nein, niemals. Fergus lässt ja noch nicht mal Kelly mitarbeiten, und die kennt das Geschäft von Kindesbeinen an, ist knallhart und wäre seine ideale Nachfolgerin. Auf jeden Fall ist sie bei Weitem eine bessere Geschäftsfrau als Collin, der am liebsten den ganzen Tag nur bei den Pferden wäre und in den Himmel gucken würde. Aber für Fergus Murphy ist eine Frau nun mal dafür da, Kinder zu bekommen und ihrem Ehemann die Krawatte zu reichen, mehr nicht.«

»Du magst ihn nicht?«

Moira sah Fiona an und zuckte mit den Schultern.

»Nein. Er ist ein Relikt. Er ist leider zu reich und zu mächtig, um übersehen zu werden, aber …«

Sie brach ab, als Hannah wieder zu ihnen trat und

Moira lachend mit sich auf die Tanzfläche zog. Fiona blieb an der Seite des Raumes stehen und nippte an ihrer Bowle. Was hatte Fergus Murphy wohl getan oder gesagt, um die sonst so friedfertige Moira gegen sich aufzubringen?

6

Im Pub saß Michael auf seinem angestammten Platz am Rande des Tresens und beobachtete neugierig das Pokerspiel am Tisch in der Mitte des Raumes. Er hatte noch nie Poker gespielt und bei einem kurzen Blick auf den gut gefüllten Pub auch beschlossen, es dabei zu belassen. Die Dorfbewohner hatten eh schon genug an ihrem joggenden jungen Geistlichen auszusetzen, er musste nicht auch noch beim Pokerspielen im örtlichen Pub gesehen werden. Außerdem sah das, was die Männer am Tisch betrieben, irgendwie nicht nach einer Runde von Anfängern aus.

Auch – und das hatte Michael amüsiert – wenn Evan Gallagher die anfänglich auf den Tisch gelegten Münzen und Scheine kopfschüttelnd wieder hatte einsammeln lassen und gegen vier Haufen mit Erdnüssen ausgetauscht hatte. In Evans Pub wurde nicht um Geld gespielt.

Also hatte Michael sich an den Tresen zurückgezogen, hielt seine übliche Tasse Tee in der Hand, dem Evan immer einen ordentlichen Schluck Whiskey beifügte, hörte aufmerksam zu und ließ sich ab und an einen Begriff oder eine Regel von einem der anderen Gäste erklären.

Um den schweren Holztisch herum saß Collin Murphy neben seinem Vater Fergus. Beide Männer trugen trotz des legeren Anlasses einen dunklen Anzug und wirkten daher etwas aus dem Rahmen gefallen. Verstärkt wurde der Eindruck noch dadurch, dass sie mit John O'Keefe und seinem Sohn Sloan spielten, die mit ihren Jeans, dem offenen Karohemd und dicken Stiefeln so aussahen wie ein Großteil der Stammkundschaft, die sich wie an jedem Samstagabend um den Tresen und an den Tischen versammelt hatte.

An einem Tisch etwas weiter abseits saßen Grady und Quinn O'Keefe, die beide ein Bier vor sich hatten und in eine Partie Backgammon vertieft waren. Anscheinend waren alle bemüht, den Abend vor der Hochzeit ohne zu viel Alkohol und vor allem ohne Streit über die Bühne zu bringen.

Evan Gallagher hatte sich zu Michael gesellt und trank einen Schluck von seiner Cola. Evans Vater hatte den Pub in dritter Generation geführt und vor Jahren beinahe durch seine Alkoholsucht verloren. Michael hatte Evan, der damals sein gerade begonnenes Jurastudium abgebrochen hatte, um seinem Vater beizustehen und den Pub zu retten, noch nie trinken sehen. Er dachte an seinen eigenen Vorgänger auf den Stufen des Pfarrhauses und konnte es verstehen. Michael selbst hatte in seinen schlimmsten Zeiten mehrmals versucht, seine Ängste zu ertränken. Zu seinem Glück hatte das nicht funktioniert, der Alkohol hatte vielmehr die Panik nur verstärkt, und so blieb er bei seinen Besuchen im Pub stets bei der einen von Evan verstärkten Tasse Tee und behielt lieber einen klaren Kopf.

»Hast du schon einmal gespielt?«

Evan sah ihn neugierig an. Michael mochte den breitschultrigen Mann und war von ihm mehrmals in den letzten Monaten zu Wanderungen in der Umgebung eingeladen worden. Es tat gut, neben Fiona einen zweiten Freund im Dorf gefunden zu haben, auch wenn Evans Frau Anna ihm immer noch mit etwas Misstrauen begegnete. Michael nahm es nicht persönlich. Er wusste, wie viele Menschen guten Grund hatten, seiner Profession gegenüber skeptisch zu sein – und vielleicht würde Anna auftauen, wenn sie irgendwann eher den Menschen sah, weniger sein Ornat.

»Nein, nie. Poker war nicht gerade das, was im Priesterseminar gespielt wurde.«

»Vielleicht können wir ja, wenn der ganze Hochzeitstrubel vorbei ist, einmal eine Runde zusammenstellen. Ich erinnere mich, dass Fiona eine ziemlich gewiefte Spielerin ist – und meine zauberhafte Anna hier muss in einem anderen Leben ein Profi gewesen sein.«

Michael sah ungläubig auf die schmale blonde Frau, die gerade mit einem Tablett voller leerer Gläser an ihnen vorbeiging.

Aber er kam nicht dazu, etwas zu erwidern, da er im Augenwinkel eine Bewegung sah. Kelly Murphy setzte sich auf den freien Barhocker neben ihm und lächelte ihn leicht schief an.

»Hallo, Pater.«

Offensichtlich hatte zumindest Kelly keine Probleme damit, sich am Vorabend der Hochzeit ihres Bruders zu betrinken.

Michael sah sie neugierig an.

»Warum sind Sie nicht oben auf Greenhill? Dort findet doch der Junggesellinnenabschied statt?«

»Um albern zu kichern und noch albernere Spiele zu machen? Ich wünschte …«

Sie drehte sich auf dem Barhocker um und blickte in Richtung der Pokerspieler am Tisch.

»Was wünschten Sie?«

»Ich wünschte, ich könnte wie er sein.«

»Collin?«

Michael hatte Collin in den letzten Tagen ja etwas besser kennengelernt. Er war ein netter Kerl, ziemlich verwöhnt durch seinen Vater und eindeutig gewohnt, auf der sonnigen Seite des Lebens zu stehen. Einer, der sich wenig Gedanken machte um den nächsten Tag und der ein sehr ansteckendes und offenes Lachen hatte. Michael hatte in den Gesprächen mit dem Brautpaar gemerkt, dass es eben jene Leichtigkeit war, die Hannah zu ihrem zukünftigen Mann hinzog. Denn die junge O'Keefe war eher eine Person, die plante und die Dinge ernst nahm. Collins Unbeschwertheit hatte sie wohl mitgerissen.

Aber warum wollte Kelly so sein wie ihr kleiner Bruder? So hätte Michael sie nicht eingeschätzt.

»Sie sind eine erfolgreiche, intelligente Frau. Was hat er, was Sie nicht haben?«

Kelly sah ihn an, dann wieder zu Collin. Ihre Stimme klang plötzlich wieder nüchtern, fast wütend.

»Einen Schwanz, was für meinen Vater anscheinend die Welt bedeutet.«

Michael sah hinüber zum Pokertisch, wo Fergus Murphy seinem Sohn, der die Erdnüsse aus der Mitte des Tisches zusammensammelte, auf die Schulter klopfte und dann stolz in die Runde blickte.

7

Als Fiona aufwachte, lag vor den Fenstern noch der letzte Schatten der Nacht. Vor ihrem Bett stand ihre Hündin Eanáir und sah sie mit großen Augen an.

»Du musst raus, oder?«

Schlaftrunken öffnete sie die Tür, und die mittlerweile schon schafsgroße Hündin sprang mit einem großen Satz die Stufen der Vortreppe hinunter und verschwand im hinteren Bereich des alten Obstgartens, der Greenhill Cottage von Fionas eigenem, auch nicht gerade gewöhnlichem Heim trennte. Denn dort, wo einst ein alter Hühnerstall am Rande der Wiese gestanden hatte, lebte sie jetzt in einem klitzekleinen Häuschen. Jeder Zentimeter Platz in Greenhill war nun mal für die neuen Gästezimmer gebraucht worden, und so hatte die Architektin aus Dublin, eine Freundin von Orla King, bei der ersten Begehung nachdenklich vor dem Cottage gestanden und sich bei der Suche nach einer Möglichkeit, auch Fiona irgendwo unterzubringen, langsam im Kreis gedreht.

»Was ist da hinter den Obstbäumen?«

Fiona erinnerte sich an ihr Erstaunen, als die Frau mit forschen Schritten über die Obstwiese zu dem alten, windschiefen Hühnerstall gegangen war.

»Perfekt! Das ist einfach perfekt. Hier wirst du wohnen.«

An den einst grünen, mit den Jahren aber fast grau gewordenen Holzwänden des Hühnerstalls waren Efeuranken hochgewachsen, die stumpfen Scheiben hatten Risse gehabt, und das ganze Häuschen hatte sich wie ein betrunkener Wanderer zur Seite geneigt.

Fiona lächelte bei der Erinnerung an ihre Skepsis. Aber die Architektin hatte mit einem begeisterten Funkeln in den Augen alle Bedenken mit einer schnellen Handbewegung fortgewischt und Fiona erklärt, wie sie sich deren neues Zuhause vorstellte.

»Zwanzig Quadratmeter. Eine kleine Kochgelegenheit, du wirst ja die große Küche im Cottage zur Verfügung haben. Ein Duschbad. Ein Raum mit einem Schlafsofa und einem Schreibtisch. Warum auch mehr? Du hast für alles, was die Arbeit angeht, ein Büro drüben im großen Haus. Bücherregale. Ein Bollerofen, natürlich. Hier wird es im Winter sicherlich ungemütlich. Du kannst doch mit einem Holzofen umgehen? Dachte ich mir. Einmal Landkind, immer Landkind. Vor dem Haus eine erhöhte kleine Terrasse, überdacht. Im Sommer wirst du draußen sitzen und den Fledermäusen über der Obstwiese zusehen können. Wir benutzen die alten Bretter, aber nur für die vordere Fassade, der Rest wird …«

Fiona hatte an diesem Nachmittag einfach nur genickt. Ihr war es wichtiger gewesen, dass die Gästezimmer, die Küche und der große Frühstücksraum genau ihren Vorstellungen entsprachen. Sie selbst wäre auch mit einem der Dachzimmer zufrieden gewesen. Die ersten Jahre in Orlas Hotel hatte sie in einer solchen Dachkammer gelebt und ihr kleines Reich augenzwinkernd »Wolkenkuckucksheim« genannt. Und was für Träume sie in dieser Zeit gehabt hatte! Erstaunlicherweise war eine eigene Pension in ihrem Heimatdorf und ein ehemaliger Hühnerstall als Haus nie dabei gewesen.

Aber als sie damals die ersten Zeichnungen ihres eigenen kleinen Reiches hinter den Obstbäumen gesehen hatte, war ihr vor Vorfreude Hitze in die Wangen geschossen. Ein winziges Haus, das mit der kleinen Treppe zur Tür hinauf aussah wie einer der Zirkuswagen aus den Büchern ihrer Kindheit. Also doch ein Traum – und zwar einer, der viel älter war und tiefer saß als der von einer Luxusvilla im Süden oder einem schicken Loft in der Stadt.

Und nie war sie so glücklich gewesen wie an den Abenden, die sie nach getaner Arbeit mit ihrer Hündin an der Seite in ihrem neuen Zuhause verbracht hatte.

Nur manchmal wünschte sie sich, dass der Hund, den Katelyn Bell ihr geschenkt hatte, ein wenig kleiner wäre. Eanáir kam deutlich mehr nach ihrer Mutter, einer Irischen Wolfshündin, als nach ihrem Vater, einem Collie mit Ambitionen zu Höherem.

Sie lachte leise, als Eanáir die Fährte irgendeines Tieres aufnahm und hinter dem Zaun verschwand. Als die Hündin das erste Mal ein Kaninchen gestellt hatte, hatte Fiona Schlimmstes befürchtet, nur um dann, als sie atemlos herangeeilt war, zu erleben, wie Eanáir sich erschrocken hinter ihren Beinen versteckte. Eanáir hatte es zu ihrem Spiel erkoren, Tieren nachzujagen und dann – sollte eines wirklich so langsam sein und der tollpatschigen Hündin nicht entkommen – erschrocken ob der Augen, die sie anstarrten, hinter Fiona Deckung zu suchen.

Sie ging zurück in ihr Haus und drückte den Knopf des Wasserkochers hinunter. In der Küche des Cottage stand eine professionelle Espressomaschine, die sie nachher für die Gäste benutzen würde, doch ihr selbst war starker schwarzer Tee am Morgen lieber.

Mit ihrer Tasse in der Hand schloss sie die Tür hinter sich und ging langsam unter den teilweise schon blühenden Bäumen hindurch.

Die Obstbäume auf der großen Wiese hatte ihr Vater schon vor ihrer Geburt gepflanzt, und mittlerweile waren viele der Bäume so alt, dass sie kaum noch Früchte trugen. Fiona scheute sich davor, die Bäume abzuholzen und zu ersetzen, es erschien ihr nicht richtig, sie so einfach zu entsorgen, aber andererseits wären junge Bäume, die in wenigen Jahren Früchte tragen würden, ein Bereicherung für ihr Bed & Breakfast. Sie sah schon Reihen von Gläsern mit Kompott und Marmelade vor sich, die die Gäste und Besucher als Andenken kaufen könnten. Aber dieses Jahr würden die alten Bäume noch ein letztes Mal blühen können.

Die Morgendämmerung hatte eingesetzt, und die Sonne stieg langsam hinter ihrem kleinen Cottage auf. Heute war der große Tag, und als Fiona anfing, in Gedanken die Ablaufpläne durchzugehen, schüttelte sie sich schnell. Diese morgendliche halbe Stunde mit Eanáir im Garten war ihr heilig und durfte nicht von Gedanken an Arbeit gestört werden.

Sie setzte sich auf die Treppe vor ihrer Veranda und wärmte sich die Hände an ihrer Teetasse. Eine erste, dicke Hummel flog brummend an ihr vorbei auf der Suche nach Nektar.

Fiona hatte sich bemüht, überall in ihrem Garten ausreichend Nistflächen für Wildbienen und anderes Krabbelgetier zu errichten. Sie rang noch mit sich, ob sie im nächsten Jahr einen der heimischen Imker fragen und ihre Obstwiese als Stellplatz für einige Bienenstöcke anbieten sollte.

Die ersten Sonnenstrahlen trafen auf ihre Beine und wärmten sie. Aus der Wiese stieg jetzt die Feuchtigkeit der Nacht als feiner Nebel auf. Sie atmete die frische Luft ein und dann langsam und mit Bedacht wieder aus. Bewusstes Atmen war etwas, das in den hektischen Jahren in Dublin manchmal zu kurz gekommen war.

Leise lächelnd sah sie dabei zu, wie die Welt des Obstgartens um sie herum langsam erwachte. In einem der Bäume wohnte eine Familie von Siebenschläfern, und Fiona freute sich, dass in den alten Steinmauern und den kleineren Altholzhaufen, die sie neben den Mauern angehäuft hatte, Igel ihr Zuhause gefunden hatten. Dass in den alten Obstbäumen Fledermäuse ihren Platz gefunden hatten, hatte sie schon vor einigen Wochen bemerkt. Und natürlich die Schwalben, die am Haus und an der alten Remise ihre Nester gebaut hatten. Schwalben brachten Glück und Wohlstand in ein Haus, und Fiona hatte den Bauarbeitern energisch verboten, die Nester zu entfernen.

Sie hatte ihre Tasse Tee ausgetrunken und stand zufrieden von der Treppe auf. Der Tag würde sonnig werden, und entgegen dem Wetterbericht sah es nicht nach Regen aus. Fiona beschloss, das als gutes Omen für die Hochzeit zu nehmen, und ging hinauf, um sich anzuziehen.

Doch bevor sie wieder in ihr kleines Häuschen gehen konnte, hörte sie Eanáirs aufgeregtes Bellen vom Cottage herüber. Fiona fluchte. Die große Hündin würde mit ihrem Gebell noch alle Gäste wecken.

Schnell ging sie, leise pfeifend, in Richtung Cottage. Aber Eanáir, die sonst auf das leiseste Pfeifen reagierte, bellte trotzdem weiter und machte auch keine Anstalten, zu ihr zu kommen.

Fiona beschleunigte ihren Schritt und bog durch das Tor des Obstgartens auf den gepflasterten Weg ein, der zum hinteren Garten führte. Was hatte die Hündin bloß so aufgeregt?

Sie folgte dem Gebell und stand kurz darauf am Rande des Gartens, der zwischen dem kleinen Parkplatz und dem Cottage lag und mit duftenden Ligusterhecken eingefasst war.

»Eanáir!«

Sie ging schnellen Schrittes auf ihre Hündin zu – und blieb dann entsetzt stehen.

»Moira!«

Fiona stürzte los und wollte sich gerade neben die auf dem Boden liegende Frau knien – sie musste gestürzt sein, vielleicht das Herz, vielleicht … –, als sie innehielt, aufschrie und auf den Gartenweg zurücktaumelte.

Moiras tote Augen starrten sie stumpf an. Und aus ihrer Brust ragten die Griffe einer Gartenschere.

8

Im Hauptquartier der Garda Síochána na hÉireann – der »Hüter des Friedens von Irland«, wie Irlands Polizei sich stolz nannte – herrschte dicke Luft. Verdammt dicke Luft. Und Aidan wusste, dass er daran nicht unschuldig war. Seit Tagen zwang er sich morgens in sein Büro, um dann schlecht gelaunt seine Mitarbeiter anzuschreien und sie mit wenig sinnvollen Aufgaben in Bezug auf die Fälle zu betrauen, die noch unter seiner Verantwortung waren. Noch. Denn Aidan wusste, dass seine Vorgesetzte, Superintendent Daly, kurz davor war, die Geduld mit ihm zu verlieren. Und so hatte er, statt wie sonst die wichtigsten Mordermittlungen zu leiten, die letzte Woche damit verbracht, sich um eine Serie von Raubüberfällen auf illegale Spielhallen zu kümmern. Ein undankbarer Job, da die Opfer selbst nur ein geringes Interesse hatten, mit der Garda zusammenzuarbeiten. Und so saß er, Aidan Connolly, aufstrebender Superstar der irischen Kriminalpolizei und Chefermittler eines der erfolgreichsten Teams, in seinem Büro und starrte die Wand an. Nachdem er am Morgen schon wutentbrannt über einen in seinen Augen unvollständigen Bericht türenknallend die Teambesprechung verlassen hatten, war niemand mehr in sein Büro gekommen.

Niemand außer einer Handvoll Eingeweihter, Superintendent Daly eingeschlossen, wusste, dass sein ganzes

Verhalten, seine schlechte Laune, seine fehlende Arbeitsmoral, seine immer offensichtlicher werdende Wut auf die Garda nur gespielt war. Eine Inszenierung, eine Geschichte, über Monate aufgebaut, um ihm die Möglichkeit zu geben, eine innerhalb der Garda verdeckt agierende Gruppe von äußerst korrupten und verbrecherischen Polizisten zu infiltrieren und dann auffliegen zu lassen. Noch nie zuvor war ihm etwas schwerer gefallen, als seine eigene Person, seinen Ruf und seine ganze Karriere so zu diffamieren und aufs Spiel zu setzen. Doch das, worum es ging, war wichtiger.

Mit müden und geröteten Augen starrte er auf die Papiere, die vor ihm auf seinem Schreibtisch lagen. Aber wem machte er etwas vor, er würde sie heute weder lesen noch unterschreiben. Und so schob er sie mit einem letzten wütenden Schnauben einfach auf den Boden, legte seine Füße, die in ungeputzten und abgewetzten Stiefeln steckten, auf die Schreibtischplatte und lehnte sich mit geschlossenen Augen zurück.

Ein vorsichtiges Klopfen ertönte, und sein Sergeant Thomas Scott steckte seinen wie immer akkurat frisierten Kopf herein.

»Sir? Superintendent Daly will Sie sprechen. In ihrem Büro.«

Aidan knurrte nur und nahm wahr, wie Scott die Tür schnell wieder hinter sich schloss.

Aidan sah auf die Uhr und wartete ganze sieben Minuten, bevor er aufstand, dabei seinen Stuhl gegen die Wand stieß, dass es knallte, und dann über den Flur an den erschrockenen Blicken der anderen Beamten vorbeiging und, ohne zu klopfen, Dalys Büro betrat.

Aidans Vorgesetzte und die Leiterin der Mordkommission war eine kleine Frau, deren kurzer blonder Bob und hohen Wangenknochen zu ihrer klaren Linie passten. Sie hatte sich mit Ruhe und Beharrlichkeit ihren Platz in der immer noch von Männern dominierten Garda erobert und wusste, wie sie mit ihren Mitarbeitern umzugehen hatte.

»Aidan. Setzen Sie sich.«

Aidan setzte sich und versuchte, seiner Stimme genau den Hauch von Verachtung zu verleihen, den er sich einer Vorgesetzten gegenüber noch erlauben konnte.

»Haben Sie endlich einen richtigen Fall für mich?«

Daly schenkte ihm ein Lächeln und legte dann den Finger auf die Lippen. Ihrer Stimme war allerdings nichts von ihrem Lächeln anzumerken.

»Einen Fall? Glauben Sie denn, Sie wären gerade in einem Zustand, der es Ihnen erlaubt, einen Fall zu übernehmen?«

»Mein Zustand ist nicht anders als sonst. Ich bin Ihr bester Ermittler. Das wissen Sie genauso gut wie ich.«

Aidan beobachtete, wie sie ihm einen Zettel über den Tisch zuschob.

Auf dem Zettel stand in ihrer kleinen und klaren Handschrift:

Sie beobachten uns. Wir warten noch einige Tage, dann geht es los.

Aidans Magen zog sich zusammen, und er versuchte,

tief durchzuatmen. Daly hatte inzwischen weitergesprochen.

»Ich weiß, dass Sie mein bester Ermittler waren, Aidan. Aber ob Sie es noch sind? Ich hoffe, Sie reißen sich zusammen.«

Aidan bemühte sich, wieder in seine Rolle zu finden. »Haben Sie nun einen Fall für mich?«

Sie holte tief Luft und schob Aidan dann eine Mappe zu.

»Ja. Aber ich rate Ihnen, sich von Ihrer besten Seite zu zeigen.«

Er sah auf die Akte, las Namen und Alter des Opfers, die Todesart und dann den Ort.

»Ballinwroe?«

Er musste nicht schauspielern, um seiner Stimme einen erschrockenen Ton zu verleihen.

»Sie waren doch schon mal dort, oder? Wie es scheint, hat das Dorf dieses Jahr einen Lauf. Das Opfer wurde im Garten einer Pension gefunden, ich glaube, Sie kennen den Ort und das Haus?«

Daly sah ihn fragend an. Sie konnte nicht wissen, dass Aidan seit seinen Ermittlungen dort eine mehr als nur professionelle Verbindung mit dem kleinen Dorf hatte. Beziehungsweise mit der Eigentümerin des gemütlichen Bed & Breakfast.

Schnell schüttelte er den Kopf und zeigte auf seine Armbanduhr. Später, er würde ihr später davon erzählen müssen.

»Ja, natürlich. Der Mord im Februar. Aber ich hatte auf

einen Fall hier in Dublin gehofft. Nicht den Mord an einer«, er blickte erneut auf die Akte, »fast vierundachtzigjährigen Frau.«

»Ihnen wird es guttun, für einige Tage aus Dublin herauszukommen. Lassen Sie sich vom Wind durchpusten, bringen Sie uns den Täter, und kommen Sie verdammt nochmal mit besserer Laune und ausgeschlafen zurück.«

Aidan schluckte.

»Sie sind der Boss.«

Sie schlug mit der flachen Hand auf den Tisch und erhob ihre Stimme. Das geschah äußerst selten, und Aidan wusste, dass das gesamte Stockwerk mittlerweile vom Flur aus lauschte. Und er wusste nicht, wer davon Freund und wer Feind war.

»Und ob ich das bin! Und wenn Sie nicht sofort mein Büro verlassen und sich umgehend auf den Weg nach Westen machen, sorge ich dafür, dass Sie das auch nicht mehr vergessen werden!«

Sie lächelte Aidan noch mal an, und er war froh, dass sie in dem Büro zwar mehrere gut versteckte Abhörgeräte, aber keine Kameras gefunden hatten. Er zwinkerte ihr zu und stürmte, die Akte in der Hand, aus dem Büro.

Sie folgte ihm an die Tür.

»Scott!«

Er sah, wie sein Sergeant blass und aufgeregt zu Dalys Büro eilte, konnte aber nicht mehr hören, was gesprochen wurde, da er seine eigene Bürotür schon mit einem Knall hinter sich geschlossen hatte.

Als er sich sicher war, dass niemand ihm folgen würde, sank er auf seinen Sessel und wischte sich die Stirn ab.

Ballinwroe, ausgerechnet Ballinwroe.

Verdammte Scheiße.

9

Anders als bei seiner letzten Fahrt nach Ballinwroe saß Aidan diesmal selbst am Steuer des Wagens, den ihm die Fahrbereitschaft kurz zuvor übergeben hatte. Und sei es aufgrund seines Rangs oder aufgrund der gespielten schlechten Laune, die er seit Wochen vor sich her trug, diesmal hatte er keinen alten Kleinwagen, sondern eine luxuriöse Limousine mit einem aufgemotzten Motor und verdunkelten Scheiben bekommen. Thomas Scott saß auf dem Beifahrersitz und tippte etwas in eines seiner kleinen und teuren Spielzeuge.

»Was tun Sie da?«

»Ich rufe über mein Tablet die Fallakte ab und erstelle ein Verzeichnis mit allen Informationen, die wir über den Ort und seine Bewohner noch vom letzten Mal haben, Sir.«

Aidan schnaubte.

»Sie hätten wirklich besser in die IT-Abteilung gehen sollen, Scott. Ehrlich, die hätten Sie mit Kusshand genommen.«

Scott wurde rot.

»Ich will aber zum NBCI, Sir.«

Aidan schüttelte den Kopf, als er die Abkürzung für seine Abteilung, das National Bureau of Criminal Investigation, hörte.

»Man bekommt nicht immer das, was man sich wünscht.«

Scott verzog gequält das Gesicht, er konnte nicht über Aidans Bemerkung lachen. Dann wechselte er das Thema.

»Wie geht es Ihrer Familie?«

Aidan warf Scott einen schnellen Blick zu und konzentrierte sich dann wieder auf die Straße.

»Gut. Sie haben ihren Urlaub noch mal verlängert.«

»Oh. Muss Ihre Tochter denn nicht zur Schule?«

»Freigestellt. Asthma. Sie soll sich erst einmal erholen.«

»Sicherlich nicht leicht, dann so alleine zu sein.«

Aidan sah erneut zu Scott und schüttelte dann den Kopf.

»Woher Ihr Interesse an meinem Privatleben?«

»Sir? Ich wollte nur …«

Aidan bremste ruckartig ab und lenkte den Wagen mit einem gewagten Manöver auf den Standstreifen. Dann drehte er sich zu Scott um, der in seinem Sitz kleiner zu werden schien.

»Was hat Daly zu Ihnen gesagt?«

»Sir, ich …«

Aidan langte über den Sitz und öffnete die Beifahrertür, dann grinste er Scott spöttisch an.

»Entweder Sie verraten mir jetzt, was sie zu Ihnen gesagt hat, oder Sie steigen aus, sind raus aus dem Fall und können sehen, wie Sie wieder nach Dublin zurückkommen.«

Scott seufzte.

»Sie sagt, ich soll auf Sie aufpassen, dafür sorgen, dass

Sie nicht zu viel trinken, und sie sofort informieren, wenn ich das Gefühl habe, dass Sie bei dem Fall Scheiße bauen. Sir.«

Aidan zog die Tür zu und startete den Motor erneut. Für einen kurzen Moment war er vollauf damit beschäftigt, den schweren Wagen zu beschleunigen und wieder auf die linke Spur zu bringen.

»Ich brauche keinen Babysitter.«

»Das freut mich zu hören, Sir. Ich bin ganz schlecht im Umgang mit Kindern.«

Aidan sah zu dem jungen Mann hinüber. War das etwa ein Anzeichen für Humor gewesen? Scott hatte viele Talente, aber Humor hatte bisher nicht dazugehört.

»Sie arbeiten für mich, verstanden?«

»Ja, Sir.«

Aidan schwieg und war froh, als sich Scott wieder über sein Tablet beugte. Er konnte einfach nicht sicher sein, ob das Auto auch abgehört wurde. Er konnte gerade überhaupt nicht mehr sicher sein – und er hasste es wie die Pest.

Erst vor vier Wochen hatte er seine beste Mitarbeiterin für eine einjährige Weiterbildung nach Den Haag zu Europol geschickt. Gemma, deren Scharfsinn hinter ihren roten Haaren und einem unschuldigen sommersprossigen Gesicht gut versteckt war, hatte sich schon vor Monaten zusammengereimt, dass hinter den Gerüchten über ihren Chef und dessen merkwürdiges Verhalten mehr stecken musste. Er hatte sie aus der Schusslinie gebracht, wenn auch mühsam und unter Protest. Und so saß er schließlich mit Thomas Scott als seinem letzten verbliebenen Mitarbeiter in Dublin und setzte alles daran, der Gruppe das Handwerk zu legen, die er hinter dem feigen und heimtückischen Mord an drei Polizisten vermutete.

Alles hatte im letzten Jahr begonnen, als der bis dahin unauffällige Deputy Dylan in einer Einsatzbesprechung mit einer aus der Asservatenkammer entwendeten Pistole das Feuer eröffnete und zuerst zwei Beamte und dann sich selbst erschoss.

Aidan, der nur wenige Minuten nach den Schüssen den Konferenzraum erreicht hatte, würde die Bilder nicht aus seinem Kopf bekommen.

Was nach Abschluss aller Ermittlungen aufgrund eines fehlenden Motivs als Amoklauf eingestuft wurde, war in den Augen von Aidan und einer kleinen Gruppe eingeweihter Polizisten innerhalb der Garda kaltblütiger Mord.

Die beiden erschossenen Beamten hatten zuvor innerhalb der eigenen Reihen ermittelt und waren einem Netzwerk von Korruption und Verbrechen auf der Spur gewesen. Für Aidan, der Dylans Leben genau unter die Lupe genommen hatte, stand fest, dass der Beamte zu seiner Tat auf die ein oder andere Art gezwungen worden war.

Vor die Entscheidung gestellt, die Augen zu verschließen oder da weiterzumachen, wo die beiden erschossenen Kollegen aufgehört hatten, hatte er sich für Letzteres entschieden. Trotz aller Gefahren.

Er hatte sich in winzigen Schritten immer weiter vorgearbeitet und war dabei anscheinend trotz aller Vorsicht schon aufgefallen. Sowohl ein Versuch, ihn im Frühjahr bei einem Autounfall mit Fahrerflucht zu verletzen, als auch die über ihn in Umlauf gebrachten Gerüchte bestätigten das. Die Gruppe der korrupten Beamten hatte versucht, ihn zum Aufgeben zu bewegen – etwas, womit er und Superintendent Daly aber gerechnet hatten. Sie würden ihnen mit Aidan einen Köder vorwerfen, den sie schlucken mussten.

Daher hatte er Abend für Abend immer mehr leere Whiskeyflaschen neben die Mülltonne seines Hauses gestellt, und daher hatte er sich auch mehrmals lautstark mit seinem Vater, einem ehemaligen Garda, gestritten. Er war immer öfter unrasiert und mit einer vermeintlichen Alkoholfahne auf der Arbeit erschienen. Sie sollten glauben, dass sie gewonnen hatten.

Vor wenigen Tagen hatte er dem Taxi nachgesehen, das seinen Vater und seine Tochter Ella aus Dublin rausbringen würde.

Er musste seine Familie schützen und hoffte einfach, dass seine Gegner, wer auch immer sie waren, neugierig seinen Absturz beobachten und vorerst nicht überprüfen würden, ob sein Vater und seine Tochter an ihrem offiziellen Zielort im Südosten Irlands angekommen waren.

Denn da waren sie nicht, auch wenn Aidan abends regelmäßig eine dortige Telefonnummer anrief und bunte Postkarten bekam.

Seine Anrufe wurden von einem dort versteckten Anschluss weitergeleitet – und die Postkarten ließ er von einem Bekannten, der keine Fragen stellte, dort aufgeben.

Ella und sein Vater aber waren an einem anderen Ort. An einem Ort, den niemand außer ihm kannte.

Ella war zunächst wütend gewesen, bis sie erfahren hatte, dass es dort viele Tiere gab und sie so viele Bücher lesen durfte, wie sie wollte. Ella war eine sehr gute Schülerin und würde den Unterrichtsstoff mithilfe ihres Großvaters auch alleine bewältigen. Ihr leichtes Asthma diente als Tarnung und Begründung für die Auszeit außerhalb von Dublin. Und Aidan hatte ihr und seinem Vater versprechen müssen, sie in spätestens sechs Monaten nach Hause zu holen.

Er hasste es, seine Tochter nicht zu sehen, und er vermisste seinen Vater. Das Reihenhaus, das sie seit einigen Jahren zusammen bewohnten, war leer und still, und Aidan musste darauf achten, dass der Inhalt der billigen Whiskeyflaschen auch wirklich im Abfluss landete.

Aber er würde es schaffen. Er wusste mittlerweile genug, um bei seinem nächsten Schritt gezielt an einen der höheren Beamten heranzutreten, die er unter Verdacht hatte. Eine Erpressung. Er würde das, was er an Wissen hatte, preisgeben und dafür Geld und Einfluss verlangen. Wenn sie ihn so genau beobachteten, wie er es annahm, würden sie glauben, dass er verzweifelt genug für so einen Schritt sei. Was würden sie dann tun? Würde der Apparat sich in Bewegung setzen? Würden sie ihm im Gegenzug ein Angebot machen? Ihn auslachen und versuchen, ihn ebenso wie die anderen zu ermorden? So oder so würde der Mann, den er im Verdacht hatte, das nicht alleine entscheiden, er würde Kontakt zu den anderen Köpfen, den anderen Beamten und Politikern aufnehmen müssen – und eben das war Aidans Ziel.

Denn im Hintergrund saß eine kleine, aber exzellente Einheit von Datenanalysten und Technikern, die jede Bewegung der Verdächtigen aufzeichnen würde; gut versteckt und weit weg von der Garda, mit Geldern finanziert, die seine Chefin aus den Töpfen der Terrorabwehr abgezapft hatte. Die Programme, die in den letzten Monaten äußerst vorsichtig auf die Geräte der Männer und Frauen geschleust worden waren, waren einsatzbereit. Superintendent Daly, Aidan und die wenigen Eingeweihten hatten mehr als nur ein Gesetz umgehen müssen, um alles aufbauen zu können – ein Umstand, über den er sich später Gedanken machen würde.

Es musste einfach klappen. Wichtig war nur, dass er seine Gegner davon überzeugt hatte, allein zu handeln. Und dass er verzweifelt oder auch betrunken genug sei, um in die Höhle des Löwen zu gehen.

Daher war Superintendent Dalys Idee, ihn aufs Land zu schicken und ihm so die Gelegenheit zu geben, alles vorzubereiten, nicht falsch. Was ihm Bauchschmerzen bereitete, war der Ort. Zumindest zwei Menschen dort war er bei seinem letzten Aufenthalt so nahegekommen, dass es ihm schwerfallen würde, die Fassade des gebrochenen Mannes aufrechtzuerhalten.

»Erzählen Sie mir alles über das Opfer und die Hintergründe.«

Und während Thomas Scott mit der ihm eignen Sorgfalt alle Fakten wiedergab, erinnerte sich Aidan an Ballinwroe. An den jungen Pater Michael Moran, seine grausame Geschichte und seinen Mut. Und an Fiona O'Connor, die Besitzerin des Greenhill Cottage. An ihr tiefes Lachen und an ihren Duft. Er würde vieles dafür geben, wenn sie ihn nicht so sehen müsste.

10

Die schmale Treppe hinunter zum Fluss hatte Fiona mit als Erstes instand setzen lassen, als sie die Arbeiten an ihrem alten Elternhaus begonnen hatte. Schon als Kind war sie den Abhang hinuntergeklettert und hatte sich im Rauschen des Flusses verloren, der seinen Weg im von Felsen und Steinen gesäumten Flussbett bis zum Meer suchte. Seit einigen Jahren war er auch in seinem Oberlauf wieder renaturiert, und das Wasser floss klar und sauber unterhalb von Greenhill Cottage entlang. In den Felsen wohnten angeblich Feen, und seit einigen Jahren nisteten in den ausgespülten Lehmufern auch wieder Eistaucher, die schon so manches Mal mit schnellem, blauem Flattern an ihr vorbeigezogen waren. Fiona liebte den Fluss und hatte am Ufer eine Bank errichten lassen, wohl wissend, dass ein Hochwasser sie in Sekunden mit sich reißen würde. Aber bis das geschah, war die Bank ein guter Ort, um zur Ruhe zu kommen.

Doch heute konnte Fiona nicht zur Ruhe kommen. Heute wollte sie schreien, vor Wut und vor Trauer. Moira war tot. Ermordet in ihrem Garten. Was in aller Welt war geschehen? Fiona rutschte die Treppe mehr hinunter, als dass sie die einzelnen Stufen ging, und rannte dann das Ufer entlang. Oben am Haus war die örtliche Polizei aus Ennis gerade dabei, alles zu fotografieren. Fionas Garten war abgesperrt, und sie wusste, dass irgendwo hinter den rot-weißen Bändern, den Planen und dem Regenschutz immer noch Moiras kalter Körper lag.

Fiona hatte es nicht länger ausgehalten. Sie wollte nur weg von dem Ort, weg von allem. Auch ihre Kraft war nicht unendlich, auch sie konnte nicht stützend und tröstend neben der schockierten Hannah, neben einer sprachlosen Mary O'Keefe, ihrem fluchenden Mann und den drei Brüdern stehen und zusätzlich zu ihrem eigenen auch noch deren Schmerz aushalten.

Und so hatte sie Hannah und ihre Familie sich selbst überlassen, hatte ihre Jacke gegriffen, Eanáir an ihre Seite gerufen und sich zu einem der wenigen Orte aufgemacht, von denen sie wusste, dass dort auch jemand war, der sie trösten würde.

Mit schnellen Schritten balancierte sie über das Wehr, das die Staustufe des Flusses abschloss und das schon seit Jahrzehnten der kürzeste Weg über den Fluss war. Noch im Februar war ihr der Weg riskant vorgekommen, sie hatte gezögert und sich an dem behelfsmäßigen Seil festgeklammert, das die Dorfbewohner neben das Wehr gespannt hatten. Doch heute setzte sie einfach einen Fuß vor den anderen.

Eanáir würde noch einige Meter dem Fluss hinauflaufen, die Staustufe umgehen und dann in einem flacheren Abschnitt durch das Wasser zu ihr kommen. Auch ihre Hündin kannte den Weg auswendig.

Nachdem Fiona vielleicht einen Kilometer dem Flusslauf aufwärts gefolgt war, bog sie nach links in einen kleinen, fast nicht sichtbaren Pfad durch das struppige Unterholz ein. Der Pfad endete an einem Garten, in dessen breit angelegten Beeten Blumen und Kräuter in allen Farben blühten. Der Rasen glänzte grün im Sonnenschein, und aus dem schmalen Anbau mit seiner verglasten Fensterfront war ein rhythmisches Klacken zu hören.

Katelyn war zu Hause, dem Klacken nach zu urteilen saß sie an einem ihrer großen Webstühle und arbeitete.

Fiona ging zur offenen Tür und zögerte dann. Sie hatte noch gar nicht darüber nachgedacht, ob Katelyn überhaupt schon wusste, was geschehen war. Aber dann drehte sich die Frau am Webstuhl auch schon zu ihr um und sah die Tränen, die ihr über das Gesicht liefen.

»Fiona.«

Katelyn stand auf und nahm sie in die Arme. Schweigend standen sie inmitten des lichtdurchfluteten Raumes. Fiona brach das Schweigen.

»Es ist grauenvoll.«

»Ja. Das ist es.«

»Ich musste einfach weg.«

»Du bist hier jederzeit willkommen.«

»Wer hat es dir erzählt?«

»Evan. Er kam vorbei und wollte nicht, dass ich es von einem der Klatschmäuler im Dorf erfahre. Er wusste, dass Moira …«

Katelyns Stimme brach, und sie griff nach einer dickwandigen Teetasse und nahm einen Schluck, um dann das Gesicht zu verziehen.

»Bitter und kalt. Wir kochen frischen Tee, ja?«

Und ohne Fionas Antwort abzuwarten, ging sie durch eine versteckte Durchgangstür, die in den alten Teil des winzigen Cottage führte.

Katelyn war in dem Haus bei ihrer Großmutter aufgewachsen, die vielleicht das gewesen war, was man früher eine Dorfhexe genannt hatte. Sie kannte sich mit Kräutern aus, half bei Geburten, wenn Arzt oder Hebamme nicht schnell genug vor Ort waren, und – was ihren Stand im Dorf immens gestärkt hatte – stellte den besten Poitín her, den es im Umkreis von vielen Meilen gab.

Als ihre Großmutter gestorben war, hatte Katelyn das Cottage vernagelt und war aufgebrochen, um in London ihr Glück zu suchen.

»Moira war mit deiner Großmutter befreundet, oder? Das hat sie mir erzählt.«

Katelyn nickte.

»Ja, die beiden waren Freundinnen. Obwohl Granny einige Jahre älter war. Die beiden verband etwas, vielleicht ihre Unabhängigkeit, vielleicht der Umstand, nie geheiratet zu haben. Ich weiß es nicht. Ich habe Moira in den letzten Jahren nicht oft gesehen, aber immer, wenn sie da war, war es, als hätte ich für einen kurzen Moment ein Stück meiner Großmutter zurück. Verstehst du? Sie war eine der letzten Verbindungen.«

Fiona nickte.

»Ja, ich glaube, das verstehe ich.«

Katelyn stellte einen Kessel mit Wasser auf den Herd und warf eine Handvoll dunkler Teeblätter in die Kanne. Dann sah sie Fiona an.

»Stimmt es, was Evan gesagt hat? Dass Moira ermordet wurde?«

Fiona nickte und sah wieder das Bild der blutigen Gartenschere vor sich. Das würde sie Katelyn nicht erzählen.

»Ich kann mir nicht vorstellen, wer so etwas tun würde. Ich verstehe einfach nicht, wie das passieren konnte. Moira muss nach der Feier im Garten gewesen sein, vielleicht hätte ich besser aufpassen sollen, vielleicht sollte ich doch Lichter installieren, vielleicht wäre …«

Sie merkte, wie sie zitterte, und biss sich auf die Lippe.

Katelyn zog den Kessel vom Herd und nahm sie erneut in die Arme.

11

Als Fiona sich eine Stunde später zusammen mit ihrer Hündin auf den Rückweg machte, war sie zwar immer noch angeschlagen, aber das stählerne Band um ihre Brust hatte sich etwas gelöst und sie bekam wieder Luft. Katelyn und sie hatten gemeinsam auf dem großen Sofa im Atelier gesessen und schweigend ihren Tee getrunken. Irgendwann war Katelyn aufgestanden und zurück an ihren Webstuhl gegangen. Der Stoff, an dem sie arbeitete, war von einem feinen Silbergrau gewesen, durchbrochen von dunkelgrünen Fäden, und Fiona hatte sofort gewusst, woher Katelyn die Idee dafür genommen hatte.

Das gleichmäßige Klacken des Webstuhls hatte Fiona beruhigt, und die geteilte Trauer hatte ihr Kraft gegeben, um sich den Aufgaben, die in Greenhill auf sie warteten, zu stellen. Es nützte ja auch nichts, sie musste zurück, sich um ihre Pension, um Hannah und die Familie O'Keefe kümmern. Hoffentlich waren die Polizisten nicht mehr dort. Sie hatten ihnen schon alles gesagt, was sie wussten.

Die Feier in der Remise war gegen Mitternacht zu Ende gegangen. Um Hannah die nötige Ruhe vor ihrem großen Tag zu geben, hatte Fiona zusammen mit Hannahs Mutter den großen Kehraus gemacht, und alle waren lachend und aufgeregt gegangen. Fiona hatte das übrig gebliebene Essen ins Kühlhaus gebracht und sorgfältig alle Lichter in der Remise gelöscht. Moira hatte sie da schon nicht mehr gesehen. Laut Hannah hatte sie sich gegen elf von allen verabschiedet und war in ihr Zimmer im Erdgeschoss von Greenhill gegangen. Hannah und ihre Mutter waren dann ebenfalls ins Bett gegangen und erst am nächsten Morgen von Eanáirs Gebell und Fionas Schrei geweckt worden.

Als Fiona die schmale Treppe vom Fluss hoch nach Greenhill erklommen hatte, war niemand zu sehen. Der gesamte hintere Bereich des Gartens war abgesperrt und von einer weißen Plane umgeben. Sie holte tief Luft und öffnete die Haustür zum Cottage. Es war immer noch ein merkwürdiges Gefühl, nicht mehr den ausgetretenen Dielenboden und den alten Läufer, den Telefontisch mit der gehäkelten Decke und die Arbeitsstiefel ihres Vaters zu sehen, sondern in einen hohen und hellen Eingangsbereich zu treten. Fiona musste jedes Mal die Erinnerungen an das Zuhause ihrer Kindheit abschütteln und konnte erst dann glauben, was sie sah. Die Böden abgezogen und versiegelt, die Wände hell gestrichen. Der breite Durchgang zu ihrem neuen Büro, das gleichermaßen als Rezeption diente. Die Treppe aus warmem Eichenholz. Die Architektin hatte vorgeschlagen, das Dach des Cottage anheben zu lassen. Nicht nur hatte Fiona dadurch unter dem Dach zwei weitere Gästezimmer gewonnen, sie hatten durch die neu eingefügten Fenster auch Tageslicht durch den Treppenaufgang bis ins Erdgeschoss leiten können.

Neben ihrem Büro lag die Bibliothek, ein großer Name für die ehemalige gute Stube ihrer Eltern. Fiona hatte Bücherregale in die Nischen einpassen lassen und ein gemütliches Sofa sowie einige Sessel im Raum verteilt.

Als sie das Haus betrat, hörte sie leise Stimmen aus der Bibliothek.

Sie straffte die Schultern und trat ein.

Auf dem Sofa lag Hannah, zusammengerollt und mit vom Weinen verquollenen Augen. Am Fenster stand Kelly Murphy, die Hände in die Hüften gestemmt und mit Wut in den Augen. Hannah richtete sich auf, als Fiona eintrat, und ging ihr entgegen.

»Da bist du ja! Wir haben dich schon gesucht.«

Fiona nickte ausweichend.

»Tut mir leid, ich musste einen Moment Luft holen. Ist die Polizei noch da?«

»Ja, sie haben sich hinter ihren Absperrungen verschanzt und antworten einfach nicht auf meine Fragen.«

Kelly drehte sich zu Fiona um.

»Ich verstehe nicht, was passiert ist. Moira soll ermordet worden sein? Das ist doch lächerlich, da muss sicherlich ein Versehen vorliegen, ich werde …«

Fiona hob die Hand und sah Kelly in die Augen.

»Moira ist tot, sie wurde ermordet. Ich habe sie gefunden und …«

Sie musste kurz Luft holen, als die Bilder wieder auf sie einstürmten.

»Und es kann kein Zweifel daran bestehen.«

Kelly schien das nicht zufriedenzustellen, sie fuhr Fiona an.

»Wie kannst du dir da so sicher sein? Wahrscheinlich war es nur ein Unfall. Es kann doch nicht …«

Fiona schüttelte den Kopf, dann drehte sie sich zu Hannah um.

»Wie geht es deinen Eltern?«

Hannah rieb sich die Augen.

»Mutter schläft, endlich. Sie war völlig neben der Spur. Und Vater ist nach Ennis gefahren, er muss mit der Polizei in Moiras Haus. Er hat den Schlüssel, und sie wollen …«

Ihre Stimme brach, und Fiona trat zu ihr und strich ihr über die Haare.

»Und Collin?«

Kelly schaltete sich ein.

»Er war kurz hier und kümmert sich jetzt um die Gäste. Er und Vater haben sie informiert, dass es einen Unfall gegeben hat. Sie müssen sich überlegen, was sie der Presse sagen werden.«

Hannah sah Kelly ungläubig an.

»Der Presse? Was soll denn die Presse damit zu tun haben? Moira ist tot, die Hochzeit ist abgesagt! Es ist alles so absurd. Ich kann keinen klaren Gedanken mehr fassen.«

Fiona reichte ihr ein Taschentuch und warf Kelly einen kurzen Blick zu.

»Hannah, magst du einmal mit Eanáir in den Garten gehen und den Ball für sie werfen? Sie liegt draußen vor der Tür, aber ich glaube, sie braucht etwas Gesellschaft. Ihr könnt hinten in den Obstgarten gehen, da sind keine fremden Leute. Sie muss sich ein bisschen austoben.« Hannah nickte und ging aus dem Raum. Fiona hoffte, die frische Luft und die Ablenkung durch Eanáir würden ihr guttun. Sie ließ sich auf das Sofa sinken und beobachtete Kelly, die ruhelos durch den Raum tigerte und ein Buch nach dem anderen verrückte, bis alle Buchrücken exakt nebeneinander standen.

»Wir werden die Presse nicht ewig ruhig halten können. Wir müssen ihnen erzählen, dass die Großtante der Braut überraschend in der Nacht gestorben ist und die Hochzeit verschoben wird. Wenn die mitbekommen, dass Tante Moira umgebracht wurde … Ermordet! Dann wird es hier drunter und drüber gehen.«

»Ja, wahrscheinlich. Ich kann das auch verstehen, aber ich glaube trotzdem, dass Collin jetzt besser bei Hannah sein sollte.«

»Aber sein Platz ist an Vaters Seite.«

Kelly machte sich nicht die Mühe, ihre Wut darüber aus ihrer Stimme zu verbannen. Sie tigerte weiterhin durch den Raum und rückte die Bilderrahmen an den Wänden gerade. Fiona musste trotz allem kurz lächeln, bis Kelly weitersprach.

»Mein Vater schreit gerade am Telefon alle möglichen Menschen an. Er hat seine Kontakte spielen lassen, und sie schicken irgendeinen ranghöheren Inspector aus Dublin hierher.«

»Was?«

»Einen Inspector Connelly oder Connolly, glaube ich.«

Fiona versuchte, ruhig zu atmen. Das war nicht vorgesehen gewesen. Als sie im März gemerkt hatte, wie anziehend sie den Inspector fand, hatte sie ihn nur mit in ihr Bett genommen, weil sie wusste, dass er danach wieder nach Dublin fahren würde. Sie hatte keine Zeit für irgendwelche Verwicklungen. Und nun würde er wiederkommen. Hoffentlich war ihm klar, dass das nicht automatisch bedeutete, dass er auch wieder zu ihr ins Bett kommen könnte. Und hoffentlich war ihr selbst auch klar, dass sie ihn nicht wieder in ihr Bett lassen sollte. Verdammt! Das Problem war, dass sie seine Gegenwart genossen hatte. Sehr sogar.

Sie sah auf, als sie Kellys fragenden Blick auf sich spürte.

»Du kennst ihn?«

»Ich hatte im Frühjahr mit ihm zu tun. Er hat einen Fall hier in Ballinwroe untersucht.«

»Ach ja, ich habe davon gehört. Er hat den Mord an einem deiner Gäste aufgeklärt, richtig? Irgendetwas mit der Mafia und …«

Kelly sah sie nun scharf an.

»Kann Tante Moiras Tod damit zu tun haben? Hast du vielleicht etwas damit zu tun? Zwei Morde, beide an deinen Gästen?«

Fiona wollte sich gerade aufregen, beschloss dann aber, dass Kelly einfach nur ebenso erschüttert wie sie selbst war. Der Angriff galt nicht ihr, sondern der Welt. Sie war nur gerade in Reichweite.

»Kelly, nein. Das kann nicht sein. Im März wurde jemand erschossen. Die Gründe dafür hatten nichts mit mir, dem Cottage oder Ballinwroe zu tun. Was auch immer mit Tante Moira passiert ist, wer auch immer das war – es hängt nicht zusammen. Und nicht an mir.«

»Das wird deinem Haus schaden. Immens.«

Fiona seufzte niedergeschlagen.

»Ich weiß. Aber ich kann es nicht ändern. Und es ist mir zwar nicht egal, aber vor allem will ich gerade wissen, wer Moira getötet hat.«

Bei der Erinnerung an das weiße, dicke Haar, das sich auf dem Gartenweg ausbreitete und an den Spitzen von Blut rot gefärbt war, drehte sich Fiona wieder der Magen um.

Kelly nickte, ohne dabei von ihrer Wanderung durch das kleine Zimmer abzulassen. Sie kam Fiona einmal mehr wie ein Raubtier vor, das in einem zu kleinen Käfig eingesperrt war. Schließlich blieb Kelly stehen und strich mit den Fingern über eine weiche pink-, rot- und orangefarbene Decke, die einen der Sessel bedeckte.

»Was für eine Farbkombination.«

Fiona war sich nicht sicher, ob das ein Kompliment oder eher ein Vorwurf war. Sie beschloss, einfach von Ersterem auszugehen.

»Die hat Katelyn Bell gemacht.«

»Die Künstlerin?«

In Kellys Stimme lag ein merkwürdiger Unterton.

»Katelyn ist eine alte Jugendfreundin von mir und

wohnt einige Zeit des Jahres in einem Cottage etwas außerhalb des Dorfes. Du kennst sie?«

»Ich war vor einigen Jahren in London auf einer ihrer Ausstellungen. Ich glaube nicht, dass sie sich an mich erinnern könnte. Damals war ich – schüchtern.«

Fiona konnte sich das wiederum bei bestem Willen nicht vorstellen.

»Sie hat ein Atelier hier. Wenn du willst, bringe ich dich einmal zu ihr.«

Kelly machte einen schnellen Schritt von der Decke zurück.

»Nein. Lieber nicht. Ich will eigentlich nur noch weg von hier.«

Sie trat ans Fenster und wandte Fiona den Rücken zu.

»Mein Vater und Collin haben mich weggeschickt. Collin sieht fürchterlich aus, aber er markiert den starken Mann, um Vater zu gefallen. Manchmal könnte ich echt kotzen, wenn ich die beiden sehe. Und mich haben sie hier zu Hannah geschickt, zu den anderen hilflosen Frauen.«

Fiona hob die Augenbrauen.

»Also ich habe keine von uns bisher als sonderlich hilflos empfunden.«

»Nein, oder?«

Kelly drehte sich wieder um und sah Fiona müde an.

»Aber für meinen Vater sind wird das, und wir werden es wohl auch immer bleiben. Ich habe keine Ahnung, wie Mutter es so lange mit ihm ausgehalten hat.«

»Ich habe deine Mutter nie kennengelernt.«

»Sie war … sanft. Sie liebte die Pferde und war am liebsten draußen unter dem freien Himmel unterwegs. Ich weiß nicht, was sie in Vater gesehen und warum sie ihn geheiratet hat. Er dachte sich wohl, dass sie ihm einen Haufen strammer irischer Söhne schenken würde. Aber zuerst kam ich und erst Jahre später Collin. Kurz nach seiner Geburt wurde sie immer stiller und stiller und dünner, und ich weiß noch, wie sie auf dem Sofa lag und ich dachte, gleich verschwindet sie einfach. Löst sich auf. Als sie endlich zu einem Arzt ging, war es schon zu spät. Leukämie.«

Kelly wischte sich mit einer fast kindlichen Geste über die Augen und zog dann die Nase hoch.

»Sieh mich an. Ich habe Jahre nicht mehr daran gedacht.«

Sie drehte sich wieder zum Fenster um. Fiona stand auf und wollte gerade etwas sagen, als Kelly das Fenster aufriss.

»Hannah? Was ist los?«

»Schnell, kommt! Sie schlagen sich.«

Nun konnte auch Fiona durch das offene Fenster das entfernte Gebrüll zweier Männerstimmen hören.

»Vater und Fergus, sie werden sich noch umbringen!«

Fiona griff zu ihrem Telefon und rannte hinter Kelly aus dem Zimmer.

12

Aidan lenkte den schweren Wagen vorsichtig über die schmale Brücke, die die beiden Teile des Dorfes miteinander verband. Zu seiner Rechten lag das alte Sägewerk, in dem heute die Tischlerei von Dylan McGowan untergebracht war. Die kleine Kirche strahlte im Abendlicht weiß und glänzend zu seiner Linken, in ihrem Schatten das Pfarrhaus, dessen Garten bis fast an den Fluss reichte. Vor Evan Gallaghers Pub saßen einige Menschen in der warmen Abendsonne.

»Wir fahren erst einmal zum Tatort und machen uns ein Bild, dann sehen wir, wo wir unterkommen.«

Scott hatte das Tablet auf seinem Schoß ausgeschaltet und starrte aus dem Fenster.

»Hier ist wirklich der Hund begraben, oder? Ich verstehe nicht, wie man so leben kann, am Ende der Welt.«

Aidan sah seinen Sergeant an und schüttelte nur den Kopf. Da, wo er vor wenigen Sekunden noch die Schönheit und Ruhe des Ortes gesehen hatte, sah sein Mitarbeiter etwas völlig anderes.

»Vielleicht ist das, was für Sie das Ende der Welt ist, für andere ihr Mittelpunkt. Ein Ort des Friedens.«

Scott sah ihn erstaunt an.

»Sir, bei allem Respekt. Hier wurde gestern Nacht eine alte Frau ermordet. Und vor einigen Monaten ein Mann erschossen. Ich bin mir nicht sicher, ob ich das gerade als Ort des Friedens bezeichnen würde.«

Aidan wollte gerade etwas erwidern, als er eine schlanke, große Gestalt den Weg zum Greenhill Cottage hinauflaufen sah. Er drückte auf das Gaspedal und hatte Pater Moran schnell eingeholt.

»Was ist los?«

»Aidan? Gott sei Dank!«

Der Pater riss die hintere Tür auf und setzte sich schwer atmend ins Auto.

»Fahr hoch zu Fiona. Die Väter – sie prügeln sich. Fiona hat angerufen.«

Aidan hatte schon geschaltet und Gas gegeben.

In wenigen Minuten hatten sie den Parkplatz des Cottage erreicht, und Aidan bremste ruckartig ab. Sie schienen das Schlimmste verpasst zu haben.

Auf der einen Seite des Zaunes stand ein breit gebauter Mann um die sechzig, der sich einen Lappen gegen die Augenbraue drückte, und wurde von drei jungen Männern umringt. Auf der anderen Seite stand ein kleiner, drahtiger Mann, dessen Auge dabei war, anzuschwellen, und der wütend auf einen weiteren jungen Mann einredete. Zwischen den Männern, einer Mauer gleich, hatten sich vier Frauen aufgereiht. Eine junge Frau mit langen dunklen Haaren in einem hellen Sommerkleid, eine ältere, groß gewachsene Frau mit kurzen Haaren, eine sehr elegant gekleidete Frau und dann – Aidans Herz schlug kurz schneller bei ihrem Anblick – Fiona O'Connor, die Hände in die Hüften gestemmt und wütend von rechts nach links blickend. Dem Gesichtsausdruck der Frauen nach zu schließen, sollten sich alle Männer schnell und unauffällig aus dem Staub machen.

Als Aidan mit Thomas Scott und Pater Moran ausstieg, wandten alle Beteiligten ihre Aufmerksamkeit ihnen zu.

Der kleine Mann mit dem geschwollenen Auge sprach als Erster:

»Wer zum Teufel sind Sie?«

Dann erst schien er den Pater an Aidans Seite zu bemerken und seufzte.

»Sie haben den Pfaffen gerufen, der verdammte O'Keefe-Clan hatte nichts Besseres zu tun, als den Pfaffen zu rufen.«

»Dad!«

Die elegant gekleidete Frau hatte so viel Schärfe in ihre Stimme gelegt, dass sogar Aidan zusammenzuckte. Aber der Mann schien es zu ignorieren.

Fiona trat einen Schritt vor und begrüßte ihn mit einem Nicken.

»Inspector Connolly, Sergeant Scott.«

Er musste ein Lächeln unterdrücken, da sie absichtlich so laut gesprochen hatte, damit alle wussten, wer die Neuankömmlinge waren.

»Miss O'Connor. Brauchen Sie Unterstützung?«

Fiona ließ ihren Blick über die Männer wandern und schüttelte den Kopf.

»Nein. Ich denke, alle werden jetzt gehen. Entweder ins Dorf oder in ihre Zimmer hier, um sich abzukühlen.«

Er sah, wie einer der jüngeren Männer etwas sagen

wollte. Doch bevor er seinen Mund auch nur geöffnet hatte, stand die Frau mit den kurzen Haaren neben ihm und zog ihn am Ohr. So, wie seine Mutter ihn früher am Ohr gezogen hatte. Sie drehte sich zu Fiona um.

»Ich nehme die vier mit. Und es tut mir wahnsinnig leid, dass sie sich so benommen haben. Ich kann dir gar nicht …«

Fiona winkte ab.

»Wir stehen alle gerade neben uns.«

Die Frau schüttelte den Kopf.

»Das mag sein, aber wie diese Idioten es wagen konnten, sich hier an diesem Ort zu prügeln. Hier, wo Moira …«

Ihre Stimme brach, und Aidan war sich nicht sicher, ob vor Trauer oder vor Wut.

»Aber Mum, Dad hat sich doch geprügelt, nicht wir.«

Sie fuhr herum, und der vielleicht dreißigjährige Mann, der gesprochen hatte, schien innerhalb von Sekunden kleiner zu werden.

»Aber ihr habt ihn nicht davon abgehalten. Nein, angefeuert habt ihr ihn!«

Auf der anderen Seite wurde wieder die Stimme des kleineren Mannes lauter.

»Eine Bande von Betrügern und Schlägern. Du wirst dieses Mädchen nicht heiraten. Und damit basta.«

»Dad, was soll das? Ich …«

»Nein!«

Der kleine Mann wischte sich das Blut von der Lippe und sah sich um. Der junge Mann vor ihm wurde noch blasser und schien unter den Worten seines Vaters zu schwanken.

»Aber ...«

»Du tust, was dir gesagt wurde.«

Nun war es an der jungen Frau in dem hellen Kleid, die neben Fiona stand und das Ganze bisher mit weit aufgerissenen Augen beobachtet hatte, einen Schritt vorzutreten. Anscheinend war sie diejenige, die nicht mehr geheiratet werden sollte.

»Collin! Sag ihm, dass es dir egal ist. Sag ihm, dass wir so oder so heiraten werden.«

Collin stand zwischen der jungen Frau und seinem Vater und zögerte einen Moment. Einen Moment, der für die Frau ausreichte. Aidan konnte sehen, wie sich ihr Gesicht in eine starre Maske aus Wut und Enttäuschung verwandelte. Auch Fiona schien es bemerkt zu haben und versuchte noch, ihr beruhigend die Hand auf den Arm zu legen. Doch sie wurde abgeschüttelt. Mit einer Wut, die Aidan lange nicht mehr in den Augen eines Menschen gesehen hatte, trat sie vor. Ihre Stimme war nicht laut, sie sprach leise und klar.

»Dann geh. Hau ab! Für immer.«

Damit drehte sie sich um und ging an allen vorbei ins Haus. Sie wandte sich nicht einmal um.

13

Innerhalb von wenigen Minuten war der Platz vor dem Cottage leer bis auf Fiona und die elegant gekleidete Frau. Neben sich hörte Aidan, wie Scott die Luft zwischen den Zähnen einzog und Pater Michael einen leisen, aber deutlichen Fluch von sich gab.

Aidan trat auf die beiden Frauen zu, die blass geworden waren und einander sichtlich erschüttert ansahen.

»Na, wenn das mal nicht ein gelungenes Drama war.«

Aidan hasste sich dafür, vor Fiona und Pater Moran so aufzutreten. Aber er durfte nicht aus der Rolle fallen.

»Wer sind Sie?«

Die elegant gekleidete Frau neben Fiona sah ihn mit hochgezogenen Augenbrauen an und ließ ihren Blick über seine Kleidung gleiten. Aidan wusste, dass er die Musterung nicht bestehen würde. Zu sehr hatte er darauf geachtet, auch sein Äußeres zu verändern. Seine Schuhe waren dreckig und zerkratzt, seine Hose nicht gebügelt. Das dunkle Hemd trug er seit einigen Tagen, und sein Gesicht wurde von einem Dreitagebart verdunkelt. Zusammen mit den Augenringen, an denen er nicht hatte arbeiten müssen – zu groß waren seine Anspannung und Sorge, um ruhigen Schlaf zu finden –, gab er genau das Bild ab, das er beabsichtigte.

Scotts wie immer tadellose und knitterfreie Erscheinung neben ihm trug noch dazu bei, ihn wie die Karikatur eines runtergekommenen Polizisten aus den Achtzigern aussehen zu lassen.

Er spürte Fionas Blick auf sich, empfand ihn aber nicht als unangenehm. Er hatte ihre schnelle und genaue Beobachtungsgabe schon bei ihrem ersten Zusammentreffen bewundert. Wobei er diesmal hoffte, dass sie nicht hinter seine Maske blicken würde.

»Inspector Aidan Connolly, NBCI. Mein Sergeant, Thomas Scott. Und Sie sind?«

Mit Absicht hatte er ihr weder die Hand entgegengestreckt noch sich bemüht, höflich zu wirken.

»Kelly Murphy. Sind Sie der Beamte, den Dublin uns geschickt hat?«

Sie schien sich wieder gefangen zu haben, und Aidan bewunderte, wie schnell sie eine kühle und undurchschaubare Miene aufgesetzt hatte.

»Enttäuscht?«

»Nein. Neugierig. Mein Vater sagt, Sie sollen gut sein.«

»Das werden wir ja sehen. Was ist hier eigentlich gerade passiert?«

Er gab Scott ein Zeichen, der daraufhin sein Notizbuch herausholte. Kelly gab ihm eine möglichst knappe Schilderung der Ereignisse.

»Mein Vater und mein Bruder Collin sind vielleicht vor etwa zwanzig Minuten hierher zum Cottage gekommen, um mit der Familie O'Keefe das Vorgehen im Hinblick auf die Presse und die Hochzeitsgäste abzusprechen. Mein Vater hat mit der ihm eigenen Art bei John O'Keefe anscheinend den Eindruck erweckt, er würde ihm die

Schuld an den Ereignissen geben. Zusätzlich dazu hat mein Vater, ebenfalls nicht ungewöhnlich für ihn, eine Bemerkung darüber gemacht, dass so etwas auch nur dann passieren würde, wenn die O'Keefes beteiligt wären. John O'Keefe, deutlich größer und wahrscheinlich auch geübter im Umgang mit seinen Händen, hat daraufhin meinem Vater eine reingehauen. So sagt man doch, oder? Etwas, was ich persönlich ihm nicht krummnehmen kann – es ist ein Impuls, den viele Menschen im Kontakt mit meinem Vater teilen. Dummerweise hat sich mein Bruder Collin dann dazu hinreißen lassen, dazwischenzugehen. Er wurde von den O'Keefe-Brüdern festgehalten, was ihn wiederum ziemlich wütend gemacht hat. Als Fiona und ich zusammen mit Hannah und ihrer Mutter dazukamen, waren alle kurz davor, sich gegenseitig die Köpfe einzuschlagen. Ich hätte sie ja gelassen, aber die anderen waren dagegen und haben es beendet.«

Sie sah ihn an.

»Ein unsinniger Streit, den Umständen und der mangelnden Sensibilität meines Vater geschuldet.«

Aidan bewunderte ihre Ruhe und fragte sich, ob sie einfach nur verdammt gut darin war, sich nichts anmerken zu lassen, oder ob sie vielleicht auch einfach nicht sonderlich berührt war von dem, was ihrem Bruder gerade passiert war.

Er wandte sich an Fiona und versuchte, seinen Puls unter Kontrolle zu halten. Er hätte nicht gedacht, dass er sich so darüber freuen würde, einfach nur ihre Stimme zu hören und sie zu sehen.

»Und Sie, Miss O'Connor? Haben Sie der Schilderung noch etwas beizufügen?«

Fiona musterte ihn und zuckte dann mit den Schultern. Er konnte ihre Miene nicht lesen. Sehr wohl aber konnte er sehen, dass sie geweint hatte in den letzten Stunden.

»Nein. Ich hörte, wie Hannah O'Keefe uns zu Hilfe rief, griff zum Telefon und rannte raus. Als ich gerade die Polizei verständigen wollte, hatten die Brüder allerdings die beiden Männer schon voneinander getrennt. Also wählte ich stattdessen Pater Morans Nummer.«

»Warum den Pater?«

»Weil ich mir ziemlich sicher war, dass weder Fergus Murphy noch John O'Keefe einen Pater angreifen würde. Und weil ich jemanden hierhaben wollte, der als neutral gilt.«

Aidan sah Pater Moran an, der blass und mit zusammengepresstem Kiefer neben ihm stand. Fiona konnte nicht wissen, dass für den Pater auch nur die leiseste Idee von Gewalt Stress und Panik bedeutete.

Jetzt schien auch sie Michaels Zustand bemerkt zu haben, trat einen schnellen Schritt auf ihn zu, hielt dann aber mit einem Seitenblick auf Kelly inne.

Aidan räusperte sich.

»Scott, können Sie Miss Murphy einmal zurück zum Hotel bringen? Hier sind die Wagenschlüssel. Ich will eine Aussage aller Beteiligten zu diesem Vorfall, und dann gehen Sie die Protokolle zur Mordnacht noch einmal durch. Und, Scott?«

»Ja, Sir?«

»Lassen Sie sich nicht von Mr Murphy einschüchtern. Seien Sie ganz Sie selbst, verstanden?«

Sein Sergeant sah ihn erstaunt an, nickte dann aber.

Kelly Murphy hatte bei seinen letzten Worten kurz gelächelt.

»Na, das will ich sehen.«

Und mit einem weiteren Lächeln in Scotts Richtung, der ihr nur stumm die Wagentür öffnete, stieg sie ins Auto.

»Alles gut?«

Aidan hatte sich wieder zu Michael gestellt, der immer noch schwach zitterte.

»Ja. Es geht.«

Aidan war sich der forschenden Augen Fionas bewusst und beschloss, nicht weiter nachzufragen. Immerhin wusste er nicht, wie viel sie von Pater Morans Vergangenheit erfahren hatte. Aber sie war ihm schon einen Schritt voraus.

»Ich sehe nach den O'Keefes. Michael? In der Küche steht Tee, und die Plätzchen sind in der üblichen Dose. Vielleicht kannst du Aidan kurz bewirten, bis ich wieder da bin?«

Mit einem langen Blick auf Aidan ging Fiona davon. Er sah ihr nach, seufzte kurz und drehte sich dann zu Michael um.

»Da bin ich also wieder.«

Der junge Pater sah ihn an und nickte.

»Ja, da bist du.«

»Kanntest du das Opfer?«

»Moira. Jeder kannte sie. Und keiner versteht, was passiert ist. Alle sind entsetzt, erschüttert. Sie fragen sich, wie so etwas Böses geschehen konnte.«

»Ein Mensch hat es getan.«

Michael ließ den Blick über den Obstgarten schweifen.

»Ich weiß, es ist immer ein Mensch, der so etwas tut.«

»Ich muss mir den Tatort ansehen.«

»Mach das. Ich gehe zu Fiona und schaue, was ich für die Braut und die Familie tun kann.«

»In Ordnung.«

»Aidan?«

»Ja?«

»Du siehst beschissen aus, weißt du das?«

»Ja. Ja, ich weiß.«

14

Aidan hatte sich den Tatort angesehen und lange auf den dunklen Fleck auf dem hellen Kiesweg gestarrt. Die Leiche war vor einigen Stunden abgeholt und in die Gerichtsmedizin nach Ennis gebracht worden. Er hatte die Fotos gesehen und war sich sicher, dass die Ärzte dort nur bestätigen würden, was seine Augen ihm schon gesagt hatten. Ein Stoß mit einer Gartenschere in den Oberkörper. Dem Blut nach zu urteilen hatte der Täter oder die Täterin entweder direkt das Herz oder ein großes Blutgefäß getroffen. Das Opfer war direkt zusammengebrochen. Die Kraft, die so ein Stoß brauchte, war nicht zu unterschätzen. Und der Täter musste vor seinem Opfer gestanden, ihm ins Gesicht gesehen haben. Auch das war ein Umstand, der Aidan zu denken gab.

Die Beamten vor Ort hatten nach Spuren und blutiger Kleidung gesucht. Aber hier auf dem Land war eine solche Suche oft vergeblich. Denn hier gab es Meilen über Meilen an Wiesen, Wäldern, Seen, Flüssen … Das Meer war nicht weit weg, ganz zu schweigen von den vielen heimeligen Kaminfeuern, die in den Häusern brannten.

War der Täter mit dem Auto gekommen? Wenn er oder sie den Wagen weit genug vom Cottage entfernt geparkt hätte, wäre es niemandem aufgefallen. Aidan musste Fiona fragen, ob ihr Hund in der Nacht etwas bemerkt hatte. Aber zwischen dem Tatort und Fionas kleinem Häuschen lag das Cottage. Hatten die anderen Gäste nichts gehört? Den Aussagen nach nicht, aber er würde jeden erneut befragen und sehen, was sich möglicherweise hinter den Antworten verbarg.

Langsam drehte er sich um und blickte über das Dorf und die Wiesen dahinter. Nur wenige Meilen bis zu den Cliffs of Moher, und er meinte, das Salz des Atlantiks in der Luft schmecken zu können. Kurz gab er sich dem besonderen Gefühl hin, so nah am Meer zu sein, dann wandte er sich wieder dem Haus zu. Er hatte einen Job zu erledigen. So viel schuldete er den Familien und sich selbst. Und dem Opfer, dessen Gesichtszüge, die er auf den Tatortfotos gesehen hatte, ihn seltsam berührten.

♣

Michael hatte es nur bis in die Küche geschafft und war schwer auf einen der Stühle gesunken. Er war einfach nicht in der Lage, mit so etwas umzugehen. Sobald er das Blut an den Händen von John O'Keefe gesehen hatte, waren vor seinen Augen die alten Bilder wieder aufgetaucht. Wütend ballte er seine Hände zu Fäusten, nur um sie gleich darauf bewusst Stück für Stück zu entspannen. Wut war nicht das, was er in sein Leben lassen wollte.

Er stand auf, holte sich eine Teetasse aus dem Schrank und goss sich mit zitternden Händen ein. Er wusste, er sollte auch bei der Familie sein, seinen Beistand anbieten, Hannah trösten. Aber er brauchte einfach noch einige Minuten, um sich wieder unter Kontrolle zu bekommen.

Die Außentür der Küche ging auf, und Aidan Connolly kam herein. Michael hatte schon auf dem Hof verwundert die völlig veränderte Erscheinung und Körpersprache des Polizisten beobachtet. Das war nicht der Mann, mit dem er im Februar sein größtes Geheimnis geteilt hatte.

Als Aidan zu ihm an den Tisch kam und sich setzte, ließ er ihm keine Zeit, Luft zu holen.

»Was ist los mit dir?«

Aidan wich seinem Blick aus.

»Stress, eine schlechte Woche. Nichts Besonderes.«

Sie hörten Schritte auf der Treppe, und Fiona trat ein.

»So, Hannah hat sich hingelegt. John O'Keefe wird von seinem Sohn Grady, der ja praktischerweise Arzt ist, zusammengeflickt, und Mrs O'Keefe versucht, ihn und seine Brüder davon abzuhalten, loszufahren und Collin zu verprügeln.«

Sie ließ sich auf die Bank neben Michael gleiten und legte ihm ihre Hand auf den Arm.

»Ich bin froh, dass du gekommen bist. Danke!«

Michael schüttelte den Kopf.

»Ich habe nichts getan.«

»O doch. Du bist gekommen, als ich dich gerufen habe. Das ist eine Menge.«

Er merkte, wie er rot wurde.

Fiona wandte sich an Aidan.

»Wo kommt ihr unter? Da Moiras Familie noch hier ist, wäre es etwas pietätlos, in ihr Zimmer zu ziehen, oder?«

Michael sah zu Aidan, der in seinen schmuddeligen Klamotten mit finsterer Miene zu einer Antwort ansetzen wollte. Noch mehr Streit würde er heute nicht ertragen, daher schnitt er ihm das Wort ab.

»Bei mir. Aidan schläft im Pfarrhaus. Da ist genug Platz.«

»Aber …«

Er unterbrach Aidans Protest mit einer Handbewegung.

»Nein. Das Hotel ist voll. Du kommst zu mir, bitte.«

Aidan nickte leise, und Michael spürte, wie sich Fiona neben ihm entspannte.

Vielleicht war er ja doch nicht so nutzlos, wie er noch vor wenigen Minuten gedacht hatte.

☘

Da der Polizist den schweren Wagen seinem Sergeant übergeben hatte, gingen sie zu Fuß zurück ins Dorf.

Sie schwiegen. Es würde nichts nützen, Aidan zum Reden zu drängen, so viel war klar. Aber der Polizist hatte ihm einmal sehr geholfen und ihn dazu gebracht, seine Geschichte das erste Mal einem Fremden zu erzählen. Es hatte Michael viel bedeutet, jemandem außerhalb der Kirche oder des streng geschützten Gerichtssaals von dem Grauen zu erzählen, das er erlebt und beobachtet hatte. Für Michael war es damals so gewesen, als hätte er ein Stück der Last an Aidan weitergeben können, es hatte seine Dämonen ein wenig kleiner werden lassen.

Und nun schien es, als ob der Polizist Hilfe bräuchte – und Michael würde da sein.

Kurz vor dem Pfarrhaus zog er Aidan am Arm und bog in Richtung Kirche ab.

»Komm, ich zeige dir, wie weit ich mit den Wandbildern gekommen bin.«

»Ich …«

Aber Michael ging einfach vor, wissend, dass Aidan ihm folgen würde.

In der Kirche angekommen, schaltete er einen einzelnen Strahler an, den er auf die Wand ausgerichtet hatte. Nachdenklich beobachtete er zuerst sein Werk, dann spürte er, wie Aidan neben ihn trat.

»Du hast viel geschafft.«

»Ja, ich habe viel Zeit. Und es hilft mir, meine Hände zu beschäftigen.«

Wie immer fand er in der Betrachtung des einfachen und doch so ergreifenden Bildes Frieden. Der Maler hatte die Umrisse der Figuren mit breiten, dunklen Linien auf die Wand gebracht und dann jede verfügbare Fläche, egal ob Kleidung oder Haut, in bunte Farben getaucht. Das Jesuskind trug eine Art Hose aus einem leuchtend grünen Stoff, Christophorus einen gelben Umhang, der mit einer blauen Schärpe gebunden war. Die Falten aller Stoffe, die der Maler mit großer Freude überall ausgearbeitet hatte, trotzten allen Gesetzen der Schwerkraft und Perspektive. Die Gesichter aber berührten Michael in ihrer Anmut und ihrer Ehrlichkeit sehr. Da war der Schmerz in den Augen des Riesen, das Erkennen. Die Augen des Jesuskindes waren ernst, fast schon weise, und auch sie zeigten, dass der kleine Knirps wusste, was sein Schicksal sein würde. Je mehr Michael von dem Bild freilegte, desto sicherer war er, dass im Hintergrund das Dorf Ballinwroe zu sehen war.

Er spüre Aidan neben sich ruhiger werden und wagte eine erste Frage.

»Was ist los?«

Als Aidan sich gehetzt umsah, sogar hier im Schutz der dicken Kirchenmauern, schüttelte Michael schnell den Kopf.

»Nicht der richtige Ort, oder?«

»Nein.«

Die Sorge und Angst, die er plötzlich in Aidans Augen sah, trafen Michael schwer.

»Wollen wir zum Fluss?«

»Du wirst nicht lockerlassen, oder?«

»Du willst doch mit jemandem darüber sprechen, nicht wahr?«

»Es könnte gefährlich sein.«

Michael sah Aidan ungläubig an, dann merkte er, wie ein Lachen in seiner Kehle aufstieg und in der kleinen Kirche lauter wurde.

»Gefährlich. Du weißt, was ich erlebt habe. Du weißt, dass ich mich danach noch ein zweites Mal im Auftrag meines Bischofs dem Ganzen ausgesetzt habe. Selbst wenn es gefährlich ist, dir zuzuhören – mich kann nichts mehr erschrecken.«

Er sah das kurze Zögern, dann nickte Aidan langsam.

»Das stimmt wohl. Wir gehen zum Fluss.«

Das letzte Mal, als Michael mit Aidan zum Fluss gegangen war, hatte er ihm am Ufer stehend seine Geschichte erzählt. Erzählt, wie er in dem katholischen Internat als Jugendlicher den Missbrauch erlebt und durchlitten hatte, wie er Hilfe beim Bischof gesucht und diese, anders als viele andere Opfer von Missbrauch, auch bekommen hatte. Wie er den Mut gefunden hatte auszusagen. Und wie dieser Bischof ihn Jahre später gebeten hatte, getarnt als Lehrer an eine Schule zu gehen, an der er die gleiche Hölle vermutete. Michael hatte gehorcht, beobachtet und gelitten – und erneut die Täter zusammen mit vielen Unterstützern vor Gericht gebracht. Ausgebrannt und von all dem Bösen, was er gesehen und erlebt hatte, in seinem Glauben fast gebrochen, hatte er darum gebeten, weit von Dublin und allem wegzukommen. Das war der wahre Grund, warum Ballinwroe einen so jungen Priester bekommen hatte. Das war der Grund, warum er jeden Morgen schweißgebadet aufwachte und zu seinen Laufschuhen griff – und das war der Grund, warum er nun hier mit Aidan am Fluss stand und bereit war, dessen Geschichte zu hören, dessen Last zumindest für ein kleines Stück mitzutragen.

»Alles begann vor zwei Jahren. Hast du von dem Fall Dylan gehört?«

Michael nickte, schwieg aber. Er wollte Aidans Geschichte hören.

»Deputy Dylan ging an einem ganz normalen Arbeitstag mit einer Waffe, die er zuvor aus der Asservatenkammer gestohlen hatte, in einen Konferenzraum des Garda-

Hauptquartiers und erschoss erst zwei Beamte und dann sich selbst.«

Aidan drehte sich zu Michael um.

»Und das, was ich dir jetzt darüber berichte, darf nicht nach außen dringen.«

»Sieh es als Beichte.«

Aidan schien kurz zu überlegen, begann dann aber zu erzählen.

Michael blickte auf den Fluss, der wahrscheinlich in seiner langen Existenz schon mehr als eine Geschichte von Verrat und Tod gehört hatte. Und er betrachtete Aidans Gesicht, das von Schmerz und Sorge gezeichnet war. Als Aidan geendet hatte, schwiegen sie für eine lange Zeit.

»Und weißt du, was das Schlimmste ist?«

Michael sah auf und schüttelte den Kopf.

»Was?«

»Dass ich mir nichts sehnlicher wünsche, als alles hinzuschmeißen und zu gehen. Die Garda sich selbst zu überlassen und den Kopf in den Sand zu stecken.«

»Aber du kannst nicht.«

»Nein. Ich kann nicht. Warum bloß?«

»Weil der, der Gutes unterlässt, sich auf die gleiche Stufe mit demjenigen stellt, der Böses tut.«

»So einfach?«

Michael dachte an den Moment, als der Bischof vor ihm gestanden und ihn gebeten hatte, erneut durch die Hölle zu gehen.

»Ja, ich befürchte, so einfach.«

15

Am nächsten Morgen trat Aidan aus dem Pfarrhaus und machte sich auf den Weg zum Fluss. Er wusste, dass neben der Brücke beim Sägewerk eine Treppe hinunter ans Ufer und auf den dortigen Weg führte. Einen Weg, der im Dorf vielfach als Abkürzung benutzt wurde und bis hinter Fionas Cottage führte. Seine Befragung der Gäste hatte nichts Neues ergeben. Niemand hatte etwas gehört, und keiner wusste, ob Moira sich im Garten mit jemandem getroffen hatte. Hannah O'Keefe und ihre Mutter Mary waren hin- und hergerissen zwischen Trauer und Wut, John O'Keefe überdeckte seine eigene Trauer mit Arbeit und erzählte Aidan in allen Einzelheiten von der geplanten Totenwache und den Vorbereitungen für die Beerdigung. Aidan verschwieg dem Mann daher lieber, dass es noch gar nicht sicher war, wann die Gerichtsmedizin die Leiche des Opfers freigeben würde. Aber er würde versuchen, auf eine schnelle Freigabe zu drängen. Das Thema der ausgefallenen Hochzeit war kein einziges Mal aufgekommen, Aidan würde versuchen, dazu mehr aus Fiona herauszubekommen.

Er war an der Brücke angekommen und stieg die Treppe hinunter. Der Fluss führte jetzt im Mai viel Wasser, das die Steine und Felsen an seinen Ufern umspülte. In einer Senke konnte er einige Bachforellen stehen sehen, die ersten Libellen schwirrten am Ufer entlang. Fiona hatte ihm erzählt, dass der Fluss vor Jahren aufwendig renaturiert worden war, die über Jahrhunderte begradigten Ufer wieder aufgebrochen und mit Steinen und Pflanzen versehen worden waren. Das Sägewerk im Dorf wurde nicht mehr mit dem Wasser angetrieben, die Mühle weiter oben war vor Jahrzehnten abgebrannt – es gab keinen Grund mehr, den Lauf des Wassers zu lenken.

Heute hatte sich die Maisonne hinter einigen Wolken versteckt, trotzdem war es warm, und die Ahnung eines heißen Sommers lag in der Luft.

Aidan war froh, dass er mit Pater Moran gesprochen hatte. Der junge Mann überraschte ihn immer wieder, und er konnte mit Fug und Recht behaupten, wahrscheinlich nie einem mutigeren Menschen begegnet zu sein.

Seine eigene Angst war nicht kleiner geworden, aber er wusste nun wieder, warum er dies tat und warum er es auch zu Ende bringen müsste.

Doch nun sollte er sich auf den Mord an der alten Frau konzentrieren. Sie hatte es verdient, wie jedes einzelne Opfer, mit dessen Geschichte Aidan in den letzten zwanzig Jahren konfrontiert worden war, dass er ihren Mörder fand. Er war ein Garda, ein Hüter, und er würde seine Aufgabe trotz allem, was er mit sich trug, erfüllen.

Nicht immer konnte er die Täter finden, aber öfter, als die meisten Menschen glaubten. Wenn es die Garda mit einem Mord wie diesem zu tun hatte, lag die Wahrscheinlichkeit immens hoch, ihn auch aufzuklären.

Er glaubte nicht, dass Moira nur ein beliebiges Opfer

gewesen war, also musste er sich die Menschen ansehen, mit denen sie die letzten Tage ihres Lebens verbracht hatte. Der Täter oder die Täterin hatte ihr gegenübergestanden, ihr ins Gesicht geblickt und dann zugestoßen. Es gab keine Abwehrwunden, der feine Kies auf dem Gartenweg war kaum in Unordnung gebracht. Er war sich sicher, dass die Frau ihren Mörder gekannt hatte.

Nur um sicherzugehen, überprüfte Scott auch alle externen Möglichkeiten, ließ Mordmethode und jedes einzelne Stichwort, das sie bisher zu dem Fall zusammengetragen hatten, durch die Datenbanken laufen, um nach Übereinstimmungen zu suchen. Aber Aidan war sich sicher, dass auch der Computer nicht fündig werden würde. Moira war ermordet worden aufgrund von etwas, das sie war, wusste, getan oder gesehen hatte. Es lag an ihm, mehr darüber herauszufinden und damit zum Täter zu kommen.

Aidan hatte mittlerweile die Hälfte des Weges zurückgelegt, als er auf einem in den Fluss ragenden Ast, nur wenige Meter entfernt, einen leuchtend blauen Fleck sah. Ein Eisvogel! Aidan blieb stehen und hielt die Luft an. Der kleine Vogel schien bewegungslos das Wasser zu beobachten. Doch plötzlich schoss sein Körper wie ein Pfeil nach unten, er tauchte ein und kam mit einem kleinen, silbern glänzenden Fisch im Schnabel wieder an die Oberfläche. Vom Moment der ersten Bewegung bis hin zu den schnellen Flügelschlägen, die ihn flussaufwärts wahrscheinlich zu seinem Nest bringen würden, hatte der Vogel nur Sekunden gebraucht. Fließend, lautlos und wunderschön.

Aidan stieß die angehaltene Luft aus und war dankbar, das Ganze gesehen zu haben.

Mit neuer Energie ging er weiter zu der schmalen Treppe, die ihn hinauf zum Greenhill Cottage bringen würde.

16

Fiona sah Aidan, wie er dort auf dem Gartenweg stand und den Tatort musterte. Er stand ganz still, die Schultern entspannt, die Hände in die Taschen seiner dunklen Stoffhose geschoben, und schien sich von den Geräuschen, die aus dem Haus und aus der Küche an sein Ohr dringen mussten, nicht stören zu lassen. Und trotz seiner finsteren Miene, trotz der eingefallenen Wangen und des ungepflegten Äußeren wusste sie sofort wieder, was sie damals zu ihm hingezogen hatte. Dort im Garten stand jemand, der mitfühlte. Mitfühlte mit dem Opfer, egal, wer es war.

Fiona atmete tief durch und beschloss, dem Garda einfach zu vertrauen. Ihm erneut zu vertrauen.

Er musste sie hinter sich gespürt haben, denn er sah auf und kam dann mit langsamen Schritten auf sie zu. Sie konnte die Konzentration in seiner Stimme hören, als er ihr ohne Begrüßung eine Frage stellte.

»Warum jetzt? Warum gerade jetzt, am Vorabend der Hochzeit?«

Fiona wusste, was er meinte, und sah nachdenklich zu dem immer noch abgesperrten Stück Garten. Würde sie je wieder durch die Ligusterhecken gehen können, ohne an Moira zu denken? Nein, sicherlich nicht. Sie mochte sich gar nicht vorstellen, wie es sich anfühlen würde, nicht herauszufinden, wer Moira das angetan hatte. Warum sie in ihrem Garten hatte sterben müssen.

Sie sah Aidan in die Augen und freute sich, darin eine Spur der alten Verbindung zwischen ihnen zu sehen.

»Vielleicht wollte jemand die Hochzeit verhindern? Das zumindest hat geklappt. Nach der Prügelei von gestern sprechen die Väter kein Wort mehr miteinander, Hannah heult in ihrem Zimmer und will Collin nicht sehen. Es ist ein einziges Drama.«

»Ja. Aber warum dann die Tante? Warum nicht direkt einen der Brautleute oder die Eltern oder Geschwister?«

Fiona hatte sich das auch schon gefragt und war auf eine Antwort gekommen, die ihr jedes Mal einen Schauder über den Rücken laufen ließ.

»Vielleicht wegen ihres Alters?«

»Du meinst, weil es in den Augen des Mörders weniger schlimm ist, einen alten Menschen zu töten, als einen jungen? Das ist – grausam.«

Er sah sie lange an, aber sie senkte den Blick nicht.

»Das ist es. Aber das ist ein Mord immer. Das habe ich von einem Garda gelernt.«

Er blickte über den Garten, dann wieder in ihre Augen, und sie merkte, wie sie der Versuchung widerstehen musste, ihn zu berühren.

»Erzähl mir von Moira. Du hast ihretwegen geweint, oder?«

Fiona drehte sich um und atmete wieder den Duft der Ligusterhecke ein. Ob Moira mit diesem Duft in der Nase gestorben war? Hatte sie Angst gehabt? Sie drehte sich zu Aidan um.

»Vielleicht fange ich am Ende an. Vielleicht sagt es

etwas über Moira aus, dass ich mich hier, an dem Ort, an dem sie starb, frage, ob sie Angst hatte, als sie erkannte, was geschehen würde. Oder ob sie, wie so oft in ihrem Leben, einfach akzeptierte, was passieren würde. Oder ob sie sich vielleicht sogar gewehrt hat? Sie war nicht die Art von Mensch, der sich duckte, wenn er mit Gefahr konfrontiert würde. Verstehst du? Sie war … mutig, eigenwillig, und für viele, die sie näher kannten, die Art von Vertraute oder Ratgeberin, die in einem Märchen die alte Fee, die weise Frau, die gute Hexe wäre.«

Sie sah, wie er ihre Informationen verarbeitete, ordnete, zu einem Muster legte. Darin war er gut, das hatte sie schon bei ihrer ersten Begegnung erkannt.

»Eine mutige Frau, der die Menschen vertrauten. Alle? Oder vor allem andere Frauen?«

Sie runzelte die Stirn. Die Unterscheidung war wichtig und treffend.

»Du hast recht, Moira lebte in einer weiblichen Welt. Männer kamen darin nur am Rande vor.«

Er sah sich im Garten um.

»Vielleicht auch eine Frau, der man Geheimnisse anvertraute.«

Fiona folgte seinem Blick.

»Genau. Ich kannte sie nicht so gut, wie ich es mir gewünscht hätte, aber ja – ich hätte ihr alles erzählt. Bei ihr hatte ich das Gefühl, dass sie sich von nichts würde erschüttern lassen, wobei …«

»Was? Was ist dir aufgefallen?«

Fiona schwieg. Sie wollte erst über das nachdenken, was sich in ihrem Kopf langsam als Idee formte.

»Fiona? Denk nicht zu lange nach. Erzähl es mir. Es sind die Unstimmigkeiten, die kleinen Dinge, die nicht ganz ins Bild passen, bei denen Leute kurz innehalten, um dann schulterzuckend weiterzugehen. Das sind die Informationen, die ich brauche, um hinter die Geschichte zu kommen. Um zu verstehen, warum jemand mordet oder ermordet wird.«

Sie sah ihn an.

»Zwei Dinge: Moira hatte eine Abneigung gegen Fergus Murphy.«

»Das erscheint mir nicht verwunderlich bei dem, was ich gesehen habe.«

»Ja, aber Moira war nicht so. Sie hatte die Fähigkeit, Leute nicht zu beurteilen. Aber sie hat auf Hannahs Junggesellinnenabschied einige Dinge über Fergus gesagt, die deutlich machten, dass sie ihn nicht mochte. Sie mochte nicht, wie er über Frauen dachte und mit ihnen umging.«

»Und?«

»Und mal ehrlich, sie war fast vierundachtzig. Und wir sind im Westen Irlands. Fergus wird beileibe nicht der einzige Mann sein, der glaubt, Frauen wären Menschen zweiter Klasse. Und nun stell dir Moira als unverheiratete, eigensinnige Frau in den Sechzigern in Irland vor. Dann müsste sie eine Menge Männer mehr nicht mögen. Aber so war sie eben nicht. Sie hatte Mitleid, konnte über Dinge lachen, hat sicherlich sofort die Stimme erhoben, wenn ihr etwas zu weit ging – aber normalerweise hasste sie keine anderen Menschen.«

»Hass? So stark?«

Fiona dachte an den Ausdruck in Moiras Augen.

»Ich glaube, ja.«

»Und das Zweite, was dir aufgefallen ist?«

»Mrs O'Keefe, Hannahs Mutter. Nur eine Kleinigkeit, aber als Hannah und Moira oben im Frühstücksraum waren und das Hochzeitskleid bestickt haben, da kam Mary O'Keefe in die Küche und suchte ihre Tochter. Und als sie mitbekam, dass Hannah und Moira oben zusammensaßen, da …«, Fiona suchte nach dem richtigen Begriff, »da schien es mir kurz, als wäre sie nicht glücklich darüber.«

»Nicht glücklich? Sondern traurig?«

Fiona versuchte, sich möglichst genau zu erinnern.

»Nein, eher … ängstlich?«

»In Ordnung. Ich werde mich nachher in Ruhe mit Hannah und ihrer Familie unterhalten, mal sehen, was Mrs O'Keefe über Moira zu sagen hat.«

»Sie trauern, Aidan.«

Er sah sie mit zusammengekniffenen Augen an.

»Das weiß ich. Aber glaubst du nicht, dass es auch ihnen wichtig ist, den Täter zu finden?«

»Doch, schon. Natürlich. Aber …«

»Aber was?«

Fiona schüttelte den Kopf. Aidan würde so oder so die Familie befragen – und dass sie gerade das Gefühl hatte, er sollte vorher duschen, sich umziehen, zwei Tassen

Kaffee trinken und sich wieder in einen halbwegs umgänglichen Menschen verwandeln, wollte er sicherlich nicht hören. Manchmal war es vielleicht besser, nichts zu sagen.

Er musterte sie und sah dann wieder auf den Garten und über die Wiesen vor dem Cottage.

»Ein langes Leben, das hier beendet wurde.«

»Das sicherlich noch um einiges länger gewesen wäre, wenn nicht … Wer tut so etwas? Ich komme immer und immer wieder auf dieselbe Frage zurück. Warum tötet jemand eine beinah vierundachtzigjährige Frau? Moira wurde von so vielen geliebt.«

Fiona merkte, wie sie wieder kurz davor war, von ihrer Trauer überwältigt zu werden, und schluckte schwer. Aidans raue Stimme holte sie aus ihren Gedanken zurück.

»Wenn ein Mordopfer, sagen wir mal, Mitte zwanzig ist, dann können wir uns sein Leben der vielleicht letzten zehn Jahre ansehen. Und wenn wir das getan haben, dann wissen wir meist, ob etwas in diesem Leben ein Motiv liefert. Aber bei einem Opfer wie Moira – es sind so viele Jahre, unzählige Verbindungen, unzählige Geschichten. Und damit gibt es auch viele mögliche Mordmotive.«

»Ja, Moira konnte über jedes Mitglied der Familie und wahrscheinlich die halbe Bevölkerung des County eine Geschichte erzählen. Sie war immer dabei. Nie selbst im Mittelpunkt, aber immer anwesend. Verstehst du?«

Er nickte.

»War sie je verheiratet?«

»Nein. Sie war wohl einmal verlobt, aber er wollte nach Amerika und sie ihre Heimat nicht verlassen. Also lösten sie die Verlobung, und Moira war seitdem immer alleine. Aber nicht verbittert, sie selbst hat mir erst vor zwei Tagen erzählt, dass ihr Leben mehr glückliche als unglückliche Momente hatte. Und ich habe es ihr geglaubt.«

»War sie nicht einsam?«

»Nein. Ich glaube, nie. Sie hat mir einmal erzählt, dass sie das Alleinsein der Abhängigkeit von einem Mann vorzieht.«

Aidan sah sie an und nickte dann.

»Das passt ein wenig zu dem, was sie über Fergus gesagt hat, oder? Eine alte Geschichte?«

»Wenn, dann eine, die ich nicht kenne. Aber vielleicht wissen die O'Keefes mehr. Johns Mutter war Moiras Schwester. Sie stehen sich – sie standen sich sehr nahe.«

Aidan drehte sich zu ihr um, und sie musste sich eingestehen, dass seine Augen nichts von ihrer Schärfe verloren hatten. Was war bei ihm bloß los? Doch bevor sie ihn das fragen konnte, sprach er weiter.

»Hattest du die letzten Jahre denn Kontakt zu ihr? Ihr seid auch verwandt, oder? Ich dachte, deine Familie hätte allen Kontakt zu dir abgebrochen.«

Fiona zuckte zusammen. Es tat immer noch weh, es zu hören, auch aus Aidans Mund. Ihre Mutter und ihr Vater hatten mit ihr gebrochen. Seit sie in Dublin in der weiten Bluse vor der Hotelchefin gestanden hatte, war Orla zu ihrer Familie geworden. Und das war es, was zählte.

»Tante Moira scherte sich nicht um das, was die Familie dachte. Aber ich war ja lange Zeit nicht zu finden und habe später dann selbst jeden Kontakt zu Ballinwroe abgelehnt.«

»Und zu den anderen O'Keefes?«

»Ich wollte keinen Kontakt. War zu feige. Oder zu stolz, ich weiß nicht. Moira, Hannah und ihre Familie habe ich erst auf der Beerdigung meiner Eltern wiedergesehen.«

»Und dann hat Hannah beschlossen, bei dir auf Greenhill zu heiraten, einfach so?«

»Ja, irgendwie schon. Sie wollte hier im Dorf in der Kirche heiraten und hat sie Collin gezeigt. Dann kamen die beiden bei mir vorbei, und Hannah fand Greenhill perfekt. Es dauerte etwas, um Leah und das Hotel mit ins Boot zu holen, und auch Kelly Murphy hatte sich wohl etwas deutlich Größeres und Eleganteres vorgestellt. Aber Hannah sieht nur so harmlos aus, eigentlich ist sie immens durchsetzungsstark. Sie erinnert mich an Kelly. Die beiden haben exakt denselben Hang dazu, die Dinge und Menschen so zu dirigieren, wie sie es haben wollen. Nur dass Kelly es mit der Peitsche versucht, im übertragenen Sinn, und Hannah eben mit dem Zuckerbrot.«

Während Fiona erzählt hatte, waren sie an den Rand des Gartens bis hin zu der letzten flachen Steinmauer gegangen.

Fiona setzte sich, und Aidan tat es ihr gleich.

»Was ist das?«

Aidan hob den Kopf, und jetzt konnte auch Fiona Stimmen aus Richtung des Cottage hören.

»Verdammt, das klingt schon wieder nach Ärger.«

Aidan war schon aufgestanden und ging mit schnellen Schritten zum Haus zurück.

Fiona seufzte und folgte ihm deutlich langsamer. Wer immer sich jetzt schon wieder gegenseitig anschrie – sie hatte genug davon.

17

Als sie um die Ecke bog, blieb sie stehen und schüttelte den Kopf. Collin Murphy stand vor dem Eingang zum Cottage und schrie die drei O'Keefe-Brüder an, die sich geschlossen vor die Tür gestellt hatten und ihm den Weg versperrten.

»Ich muss mit Hannah sprechen!«

»Sie will dich aber nicht sehen, du feige Ratte! Hast vor deinem Vater den Schwanz eingezogen. Und jetzt kommst du betrunken hier angeschlichen? Verpiss dich bloß schnellstens!«

»Bewegt eure Ärsche aus dem Weg. Hannah soll mir schon selbst sagen, was sie von mir hält.«

Aidan war bei den Männern angekommen, als Sloan, der jüngste Bruder, vortrat.

»Versuch doch, hier durchzukommen!«

Als Collin etwas unbeholfen die Fäuste hob, schritt Aidan zu Fionas Beruhigung ein.

»Schluss! Oder Sie werden alle einige Stunden auf dem Revier in Ennis verbringen.«

Er stellte sich vor Collin.

»Sie kommen mit mir, ich bringe Sie ins Hotel. Ihre Verlobte wird sich schon wieder bei Ihnen melden. Lassen Sie ihr Zeit.«

Collin schwankte und stützte sich schwer auf Aidans Arm.

»Ich will sie jetzt sehen.«

»Daraus wird nichts. Aber ich wette, sie hat mitbekommen, dass Sie hier waren.«

Aidan sah nach oben, wo an einem der geöffneten Fenster die Gesichter von Hannah und ihrer Mutter zu sehen waren.

»Los jetzt.«

Er nahm Collin am Arm und drehte sich zu den drei Brüdern um.

»Sie gehen auch in Ihre Unterkünfte, wohin auch immer.«

Die Brüder zögerten kurz, dann hörte Fiona von oben die Stimme von Mary O'Keefe.

»Wollt ihr wohl!«

Das wirkte.

Fiona beobachtete, wie Collin, der etwas grün im Gesicht war, von Aidan auf eine der Mauern gesetzt wurde, ehe dieser sich noch mal an sie wandte.

»Ich bringe den Helden hier wohl besser zum Hotel. Ich will nicht, dass er in den Fluss fällt oder irgendeine andere Dummheit begeht.«

Fiona verdrehte die Augen.

»Wie sich beispielsweise den O'Keefe-Brüdern mit erhobenen Fäusten gegenüberzustellen?«

»Ja, zum Beispiel.«

»Immerhin sind die vier Männer sich da nicht unähnlich.«

»Sie könnten Brüder sein.«

»Ja, das stimmt. Ich denke, über die letzten Jahrhunderte hat die Gegend hier einfach einen Schlag von Männern hervorgebracht, der es in sich hat.«

»Nun gut, einen von ihnen werde ich jetzt mal von hier wegbringen. Kann ich dich mit den anderen alleine lassen?«

»Solange Mary da ist? Jederzeit. Die Brüder springen, wenn sie nur die Augenbraue hebt.«

»Gut.«

18

Zu Aidans Glück kam ihm wenige Minuten später auf halbem Weg den Berg hinunter sein Sergeant entgegen, dem er den betrunkenen Murphy-Spross umgehend in den Arm drückte mit der Anweisung, ihn wohlbehalten bei seinem Vater abzugeben. Sollte Thomas Scott sich doch mit dem Jungen herumschlagen.

Langsam machte er sich wieder auf den Weg zurück zum Cottage und dachte dabei über das nach, was er bisher erfahren hatte. Immer noch war es ihm schleierhaft, warum jemand die alte Dame umgebracht hatte. Angst. Wut. Gier. Rache. Er glaubte fest daran, dass jeder Mord auf einen dieser Gründe zurückzuführen war. Aber er glaubte auch daran, dass es viele gute Gründe gab, diesen Impulsen nicht nachzugeben. Und dass die Menschen normalerweise eine Mischung aus moralischen Überzeugungen, Mitgefühl und oft auch einfach Angst vor Strafe davon abhielt, ihren Gefühlen nachzugeben. Im Fall von Moira war er allerdings nicht bereit, sich durch das Alter des Opfers und den anscheinend allseits vorhandenen Respekt täuschen zu lassen. Alter bedeutete nur eine vielfach größere Wahrscheinlichkeit, sich den Hass eines Menschen zugezogen zu haben. Und Respekt war nicht umsonst zu bekommen und lag verdammt dicht neben der Angst. Gab es jemanden, der Moira so gefürchtet hatte, dass er sie töten musste? Gegen all die Dinge, die Menschen normalerweise von einem solchen

Schritt abhielten? Er wusste noch nicht genug, aber in ihm gab es eine leise Stimme, die ihm einflüsterte, dass er wahrscheinlich auch nie genug herausfinden würde. Er hasste das Gefühl, vor einem Fall zu stehen, den er nicht würde lösen können.

Als er den Kopf hob, sah er, dass ihm Mrs O'Keefe entgegenkam. Ihre Schritte wirkten seltsam steif, und sie schien zu schwanken.

»Was zum Teufel …?«

Er sprintete los und blieb kurz vor der Frau stehen. Aus der anderen Richtung sah er Fiona auf ihn zukommen, die ihn beobachtete und dann ebenfalls loslief.

Vorsichtig näherte Aidan sich Mrs O'Keefe, die mit einem Korb in der Hand, in dem er Äpfel, eine Flasche Milch und eine Packung Kekse erkennen konnte, neben der Straße stand und mit merkwürdig starren Augen an ihm vorbeisah.

»Mrs O'Keefe?«

Die große Frau schüttelte leicht ihren Kopf, sah ihn aber nicht an.

»Mrs O'Keefe!«

Keine Reaktion. Er trat noch einen Schritt näher. Ihre Lippen hatten eine ungesunde blaue Farbe, Schweiß stand ihr auf der Stirn. Sie zitterte. Als er seine Hand auf ihren eiskalten Arm legte, zuckte sie zusammen, blickte ihn aber immer noch nicht an.

Das Zittern unter seiner Hand wurde stärker, bis Mary O'Keefe plötzlich erschlaffte. Aidan fing sie auf und legte sie auf den Boden.

»Verdammt.«

Er hörte, wie Fiona keuchend neben ihm ankam. Neben ihr lief Eanáir, ihre große Wolfshündin, mit aufgestellten Ohren und vorgestrecktem Kopf auf ihn zu. Sie schien die Aufregung ihrer Besitzerin zu spüren und blieb verteidigungsbereit neben Fiona stehen. Er hoffte, dass die Hündin nicht ihn als Quelle der Gefahr ausmachte, und konzentrierte sich darauf, Mrs O'Keefe stabil zu lagern und ihre Atmung zu überprüfen.

»Einen Krankenwagen, sofort!«

Fiona zog ihr Telefon aus der Tasche und sank neben ihm auf die Knie.

»Heb ihre Beine an.«

Fiona klemmte sich das Telefon unter das Kinn und tat, was er gesagt hatte, während sie die wichtigen Fakten durchgab.

»Sie atmet.«

Hinter sich hörte er schnelle Schritte.

»Mutter!«

Der älteste der O'Keefe-Brüder rannte auf sie zu, gefolgt von seinen Brüdern und Hannah. Aidan erinnerte sich, dass Grady Arzt war. Gut. Er rückte zur Seite, während der Mann mit schnellen Griffen Puls und Atmung überprüfte und dann mit dem Licht seines Mobiltelefons in die Augen seiner Mutter leuchtete. Fiona trat zu ihm, das Telefon noch am Ohr.

»Der Krankenwagen kann in zwanzig Minuten hier sein.«

Aidan hatte vergessen, dass er hier auf dem Land nicht

wie in Dublin in wenigen Minuten mit Hilfe zu rechnen hatte. Aber Grady O'Keefe sah auf.

»Sag der Leitstelle, sie sollen einen Hubschrauber schicken. Akuter Schock. Ich weiß nicht, wie lange ihr Kreislauf das noch mitmacht.«

Aidan trat einen Schritt zurück und wischte sich den Schweiß von der Stirn. Mittlerweile hatte Eanáir sich beruhigt und drückte ihren Kopf gegen seine Hüfte. Sie erinnerte sich an ihn – und er merkte für eine kurze Sekunde, wie ihm die Berührung der Hündin Kraft gab. Er atmete tief ein, zählte bis fünf und atmete dann wieder aus. Vor ihm starrte Mary O'Keefe mit offenen Augen in den Himmel, während ihr Sohn erfolglos versuchte, sie zu einer Reaktion zu bewegen. Aidan hatte so etwas schon vorher gesehen. In seiner Zeit als Polizeianwärter war er einmal zu einem Autounfall gerufen worden. Mehrere Wagen waren auf der Schnellstraße bei schlechter Sicht ineinandergefahren. Er hatte mit den anderen Polizisten die Straße abgesperrt, als ihm ein Mann entgegengekommen war. Völlig unbeteiligt war er an den Beamten vorbeigegangen, hatte sie scheinbar kaum gesehen. Erst, als Aidan den blutverschmierten Hemdrücken des Mannes gesehen hatte, war ihm klar geworden, dass er eines der Unfallopfer war. Unter Schock hatte dessen Kopf einfach umgeschaltet, hatte ihn einfach loslaufen lassen.

Sein Ausbilder hatte ihm später erzählt, dass einige Menschen so auf einen psychischen Schock reagierten. Heute wusste er, dass der richtige Begriff dafür »akute Belastungsstörung« war.

Grady O'Keefe sah auf.

»Fiona? Wo kann der Hubschrauber landen?«

»Oben auf dem Parkplatz.«

»Gut. Ich würde sie ungern bewegen. Jemand soll die Sanitäter hierherbringen.«

Seine beiden Brüder nickten und rannten den Berg hinauf.

Grady drehte sich wieder zu seiner Mutter und sprach leise auf sie ein. Keine Reaktion.

Aidan hatte einen bitteren Geschmack im Mund. Er hatte das Gefühl, bei der Frau bleiben zu müssen, wollte aber auch sicher sein, dass im Haus, von wo sie gekommen war, alles in Ordnung war.

Er zögerte, dann sah er Fiona an. Sie stand – etwas blass im Gesicht, aber ansonsten ruhig – neben ihrer großen Hündin und wartete.

»Kannst du ins Haus gehen und nachsehen, ob in ihrem Zimmer alles in Ordnung ist? Wo ist ihr Mann eigentlich? Und nimm den Hund mit.«

Er wusste nicht, was Mary O'Keefe so einen Schock versetzt hatte, und es war ihm lieber, wenn Fiona nicht allein zum Cottage zurückging.

Fiona schien ihn sofort zu verstehen und ging los, ihre große Hündin an ihrer Seite.

Das Warten auf den Hubschrauber zerrte an Aidans Nerven. Grady O'Keefe war zwar blass und erschüttert, prüfte aber mit ruhigen Händen regelmäßig Atmung und Puls seiner Mutter.

Fiona kam zusammen mit Eanáir zurück.

»Im Haus sieht alles normal aus. Auf den ersten Blick war da nichts, was sie so hätte erschrecken können.«

Er merkte, wie ein Teil seiner Anspannung abfiel. Ihm war nicht klar, was er befürchtet hatte, aber seine Vorstellungskraft hatte ihm Bilder von Blut und Schrecken gezeigt. Auch wenn er eigentlich wusste, dass manchmal die vermeintlich harmlosen Dinge den viel größeren Schrecken bargen.

»Wo ist der Ehemann?«

»Lag schlafend im Bett. Er hat bei der Prügelei ganz schön was mitbekommen und ein starkes Schmerzmittel genommen. Da kommt er.«

John O'Keefe kam gerade aus dem Haus gerannt und war in wenigen Sekunden bei ihnen. Ohne ein Wort kniete er sich neben seinen Sohn und griff nach der Hand seiner Frau. Die Angst in seinen Augen war deutlich zu sehen.

Aidan trat mit Fiona einen Schritt zurück und sah auf die Frau, die, umringt von ihrer Familie, gerade um ihr Leben kämpfte.

Was zur Hölle war bloß passiert? Was hatte Mary O'Keefe fast zu Tode erschreckt?

19

Der Hubschrauber war gelandet, die Notärztin und die Sanitäter hatten die Familie beiseitegedrängt und innerhalb von wenigen Sekunden einen Zugang gelegt und Mary O'Keefe stabilisiert. Sie waren jetzt auf dem Weg in die Klinik von Ennis. John, Grady, Hannah und der Rest der Familie waren in die nächstbesten Autos gestiegen und losgefahren. Aidan hoffte, dass alles gut gehen würde.

Nachdenklich stand er an der Stelle, wo die Frau zusammengebrochen war.

Dann griff er nach seinem Telefon und wählte eine der Nummern. Er wusste, wer ihm vielleicht weiterhelfen konnte.

Als Erstes hörte Aidan durchs Telefon das Klicken eines Feuerzeuges, dann einen tiefen Atemzug. Es waren Momente wie dieser, in denen er immer wieder kurz davor war, selbst hektisch nach eine Zigarette zu suchen. Aber er hatte seiner Tochter vor Jahren versprochen, nie wieder zu rauchen.

»Ah, der Junior. Was verschafft mir die Ehre?«

Die raue Stimme von Dr. Fitzgerald, Leiterin der Dubliner Gerichtsmedizin, drang an sein Ohr.

»Wie immer möchte ich von Ihrer Weisheit profitieren, Doc.«

Das Lachen am anderen Ende der Leitung ging in ein Husten über.

»Stellen Sie sich hinten an. Worum geht es?«

Aidan schilderte, was mit Mary O'Keefe passiert war.

»Alles an ihren Bewegungen und ihrem Gesichtsausdruck erinnerte mich an das Opfer eines Autounfalls, das ich vor Jahren einmal gesehen habe. Der Mann war verletzt, voller Blut, aber er kletterte aus dem Wrack seines Wagens und lief einfach so los. Ohne nach rechts oder links zu gucken. Er ging an mir vorbei, als wäre nichts geschehen.«

Wieder hörte er, wie die Ärztin an ihrer Zigarette zog. Irland hatte eines der strengsten Nichtrauchergesetze Europas, gerade in Dublin gab es kaum noch Orte, an denen das Rauchen außerhalb der eigenen vier Wände überhaupt noch möglich war. Doch Dr. Fitzgerald störte sich nicht daran, und der Rauch ihrer Mentholzigaretten durchzog die gesamte Gerichtsmedizinische Abteilung. Vielleicht überdeckte sie damit den eigentlichen Geruch der Leichenhalle. Wahrscheinlich setzte sie darauf, dass ohnehin kein Mitarbeiter des Ordnungsamtes ihre Räume freiwillig betreten würde. Aidan grinste bei dem Gedanken. Außerdem hatte die Doktorin eine Persönlichkeit, die dazu führte, dass sich noch nie jemand wegen ihrer Zigaretten beschwert hatte.

Nach einem weiteren Zug begann sie zu sprechen.

»Ja, das gibt es. Gar nicht mal so selten. Unfallopfer, Zeugen von Gewalttaten, Soldaten im Krieg. Dissoziative Fugue. Flucht nach einem traumatischen Erlebnis. Heute wissen wir mehr darüber, zum Glück. Soll ich die ganzen Fachwörter runterleiern?«

»Nein. Ich will eher wissen, was so etwas auslösen kann. Und ob es immer direkt nach dem Ereignis passiert oder auch verzögert auftreten kann. Die Frau saß allein in ihrem Zimmer, plötzlich steht sie auf und geht los. Warum?«

»Um das Warum wirst du dich kümmern müssen. Ich bin Gerichtsmedizinerin. Körperlich kann alles ausgelöst werden. Wie bei einem Schock. Der Körper bekommt die falschen oder zu viele oder widersprüchliche Signale, und irgendwann macht er dann einen Fehler nach dem anderen. Was alles in der Psyche passiert, kann ich mir nur schwer vorstellen.«

»Aber im Zimmer war nichts. Niemand. Und das Mordopfer war am Tag vorher gefunden worden. Ich habe mit der Frau erst vor einigen Stunden gesprochen. Sie wirkte betroffen, traurig, war voller Zorn und Wut, dass jemand ihrer Tante so etwas antun konnte. Aber sie zeigte keinerlei Anzeichen für die Art von Schock, die ich dann eben bei ihr beobachtet habe. Kann so etwas mit einer solchen Verzögerung einsetzen?«

Das Klicken des Feuerzeuges machte deutlich, dass Dr. Fitzgerald wohl ernsthaft darüber nachdachte. Dann seufzte sie.

»Aidan, ich arbeite mit toten Menschen. Ich bin also wahrlich keine Expertin, was die menschliche Psyche angeht.«

Er dachte an das, was die Ärztin jeden Tag zu sehen bekam. Er befürchtete, sie hatte mehr Wissen über die dunkle Seite der Psyche als viele andere Menschen.

»Aber ich denke, es wäre möglich. Aber ob es wahrscheinlich ist? Du sagst, du hast mit ihr über den Mord gesprochen? Sie hat also verstanden und akzeptiert, was passiert ist?«

»Ich kann mir noch einmal die Aufnahme anhören, aber ich bin mir sehr sicher, dass sie das klar benannt hat.«

»Ich rufe eine Kollegin an. Sie arbeitet für das Militär und hat sich auf Belastungsstörungen spezialisiert.«

»Danke. Ich schicke die Freigabe für die Fallakte und das Gespräch mit der Frau gleich raus. Vielleicht fällt ihr ja noch etwas auf.«

»Warte! Ich muss hier einmal raus. Leg ja nicht auf.«

Er hörte, wie die Absätze ihrer Schuhe klackten, dann das Quietschen einer Tür. Sie musste mit dem Telefon nach draußen gegangen sein, um ungestört zu sein. Er hielt die Luft an.

»Aidan? Ich habe gehört, es geht dir gerade nicht so gut.«

Ihre Stimme hatte jede Schärfe verloren. Sie war aufrichtig besorgt um ihn.

»Wie kommst du darauf?«

»Einer meiner Mitarbeiter hat mir erzählt, dass er im ›C and M‹ böse Gerüchte über dich zu hören bekommen hat. Es ging um Alkohol, Fälle, die du in den Sand gesetzt haben sollst. Spielschulden.«

Aidan holte tief Luft. Das »C and M« – oder wie das Schild über der Tür zeigte: das »Cockles and Mussels« – war ein kleiner, gemütlicher Pub am Ufer des Liffey.

Benannt nach den Muscheln, die Molly Malone in dem gleichnamigen Lied auf Dublins Straßen verkauft hat, war es über die Jahre zu einem beliebten Treffpunkt der oberen Ränge der Garda geworden. Die Atmosphäre war entspannt, das Essen gut und die Auswahl an Getränken klein, aber fein. Die Besitzerin des Pubs, die schon seit dem ersten Tag von allen Molly genannt worden war und an deren wirklichen Namen sich niemand erinnerte, hatte selbst über Jahre bei der Polizei gearbeitet und begrüßte jeden ihrer Gäste mit derselben Herzlichkeit. Aidan vermutete, dass man mit den Geschichten, die an der breiten Theke und den dunklen Tischen schon erzählt worden waren, Bücher füllen könnte. Auch sein Vater war regelmäßig Gast im »C and M« gewesen, dem inoffiziellen Seniorenklub der Garda. Es gab sogar Gerüchte, dass einige der pensionierten Beamten mehr oder weniger dort lebten und nur zum Schlafen in ihre Wohnungen zurückkehrten. Und nun waren die Geschichten über ihn also auch dort angekommen. Das war gut, auch wenn es ihn in der Seele traf.

»Hat er noch etwas erzählt?«

»Nur, dass auch dein Patenonkel da war. Und dass er dem Ganzen ein Ende gemacht hat.«

Mist, verdammter Mist! Aidan hatte Onkel Tom – oder vielmehr Inspector a.D. Pierce Thomas –, seinen Paten und einen ehemaligen Garda, vor Monaten in groben Zügen in seinen Plan einweihen müssen, da der massige Mann sonst wahrscheinlich bei jedem Angriff auf Aidans Ruf eine Schlägerei oder Schlimmeres vom Zaun gebrochen hätte.

»Aber, was mich wirklich erschreckt hat, ist die Tatsache, dass er dich wohl nicht so vehement verteidigt hat, wie alle es erwartet hätten.«

Aidan atmete auf. Also hatte auch Tom seine Rolle gut gespielt. Nur die Besorgnis von Dr. Fitzgerald hatte er nicht eingeplant.

»Aidan? Brauchst du Hilfe? Ich kann deinen Vater nicht erreichen.«

Er zögerte. Dr. Fitzgerald und sein Vater waren befreundet, wobei Aidan sich manchmal fragte, wie weit diese Freundschaft eigentlich ging. Doch wenn er seinem Vater gegenüber Andeutungen in diese Richtung gemacht hatte, hatte dieser nur den Kopf geschüttelt und ihn mit diesem einen speziellen Elternblick angesehen, bei dem man sich wieder wie zwölf fühlte. Er würde sich seine Antwort daher gut überlegen müssen, die Gerichtsmedizinerin war schlau.

»Nein, mir ist gerade nicht zu helfen. Und mein Vater – er ist im Süden am Meer, zusammen mit meiner Tochter. Die beiden brauchten eine Auszeit.«

»Aidan, ich …«

Oh, wie er es hasste! Aber Dublin war klein, in der Garda verbreiteten sich Gerüchte wahrscheinlich genauso schnell wie in jedem Dorf hier an der Westküste. Außerdem war sein Mobiltelefon vielleicht nicht sauber. Er durfte seine Rolle nicht aufgeben. Er holte Luft und verschärfte seine Stimme.

»Genug!«

Ein weiterer Zug an der Zigarette, dann ein längeres Schweigen.

»Nun gut. Wenn du meinst. Aber du weißt, wo ich zu finden bin.«

Er legte auf.

20

Fiona strich Eanáir, die sich geduldig zu ihren Füßen gesetzt hatte, über das weiche Fell. Mittlerweile war die Hündin so groß, dass sie sich dafür kaum noch hinunterbeugen musste.

Was sollte sie bloß mit dem Mann machen, der einige Meter von ihr entfernt mit grimmigem Gesichtsausdruck auf das Telefon in seiner Hand blickte und aussah, als würde er am liebsten die ganze Welt verfluchen? Aidans Anspannung, die ihn schon im März nach Ballinwroe begleitet hatte, war noch größer geworden und hatte sich mit etwas Dunklerem vermischt. Der Mann, der in der Nacht, die sie zusammen in ihrem Häuschen verbracht hatten, so überraschend offen gewesen war, war nun voller Wut. Wut – und Angst.

Fiona gab Eanáir ein Zeichen und freute sich, dass die Hündin sofort reagierte und an ihrer Seite auf Aidan zuging. Sie würde herausfinden, was in Dublin passiert war. So viel war sie sich selbst, Aidan und ihrer gemeinsamen Nacht schuldig.

»Schlechte Nachrichten?«

»Nein.«

Sein Gesicht sagte etwas anderes.

»Ich hoffe, Mary geht es schnell wieder gut.«

»Was meinst du, was sie hatte? Du kennst sie doch schon länger.«

»Ich bin mir nicht sicher. Am Tag vor der Hochzeit wirkte sie eigentlich glücklich. Sie sagte mir, sie sei sehr froh, dass die beiden Kinder sich gefunden hätten. Sie wirkte dennoch etwas traurig auf mich, verhalten. Aber Hannah ist nun mal ihr jüngstes Kind, ihre einzige Tochter. Und Collin ein guter Kerl, aber er bringt mit seinem Erbe eben auch eine Menge Verantwortung mit in die Beziehung.«

»War sie nicht froh, dass ihre Tochter nach der Hochzeit reich sein würde?«

»Ich glaube, so sieht das kaum jemand, der Collin und die Familie kennt. Sie sind zwar reich, aber was die Familie und auch Kelly ausstrahlen, ist eigentlich immer nur Arbeit. Ich glaube nicht, dass der Vater jemals geplant hat, einfach sein Geld zu genießen. Oder dass er seine Freude hat in den Kreisen, in denen er sich bewegt.«

Sie dachte an Fergus und schüttelte den Kopf.

»Nein, ich glaube, etwas wie Genuss ist nicht Teil seines Lebens. Er ist verbissen dabei, seinen Reichtum zu vermehren. Ich habe ihn einmal auf einer großen Party getroffen, die einige Geschäftsleute in Orlas Hotel ausgerichtet hatten.

Fergus war dort, er lachte und sprach mit allen Gästen, Kelly an seiner Seite. Beide hatten vorher dafür gesorgt, dass die Kellner ihre Gläser unauffällig mit Wasser statt mit Champagner auffüllten. Beide hatten diesen Blick, diesen hoch konzentrierten Blick, als sie durch die Menge gingen und Kontakte knüpften oder pflegten. Ich wette, sie hatten vorher alles genau geplant. Das war für

Vater und Tochter keine Feier, sondern wie eine Schlacht, in die sie mit einem Plan und dem festen Willen zu gewinnen gezogen waren. Damals war Collin noch zu klein, um seinen Vater zu begleiten. Sobald er aber achtzehn war, trat er dann an die Seite von Fergus, und Kelly war raus.«

Sie dachte an Kellys Verbitterung und daran, wie sie vorhin über ihren Vater gesprochen hatte. Viel war da nicht mehr an Zuneigung zu ihm geblieben, wahrlich nicht.

»Reichtum kommt durch harte Arbeit zustande, auch wenn man sich dabei die eigenen Hände nicht schmutzig macht. Jedenfalls kein Schmutz, den man sehen kann.«

Aidan blickte auf und musterte sie neugierig.

»Ach komm, du wirst doch längst deine eigenen Informationen über alle Beteiligten und Fergus Murphy gesammelt haben. Und sicherlich bist du dabei auch über all die Gerüchte gestolpert.«

Sie sah ihm an, dass sie recht hatte. Wahrscheinlich hatte sein wenig gesprächiger Sergeant das für ihn erledigt. Aidan nickte schließlich.

»Absprachen, die mehrmals die Börsenaufsicht auf den Plan gerufen haben, aber sie konnten ihm nie etwas nachweisen. Und er bezahlt erstaunlich wenig Steuern an das Land, in dem er zu Hause ist.«

Fiona zögerte kurz.

»Das meine ich nicht.

Das, was ich jetzt erzähle, kann ich nicht beweisen. Es ist ein wildes Durcheinander von Gerüchten, Klatsch und

Hörensagen. Aber ich denke, es ist vielleicht wichtig, um zu verstehen, warum die O'Keefes nicht allzu glücklich waren über die Verbindung ihrer Tochter mit Collin.«

Sie zögerte erneut, denn es war nicht ihre Art, Klatsch weiterzugeben. Sie beobachtete gerne ihre Gäste, sie mochte es, die Hintergrundgeschichten zu kennen, und hörte gerne zu. Aber Klatsch ging sie aus dem Weg.

»Fergus ist anscheinend besessen davon, Land zu kaufen. Ich weiß nicht, woher es kommt oder warum es gerade für ihn so wichtig ist. Aber ihm gehört wirklich eine Menge Land, vor allem hier an der Westküste. Er kauft insbesondere die kleinen Höfe auf, die sich nicht mehr rentieren. Das Land wird dann einem seiner großen Betriebe zugeschlagen, die Höfe entweder als Ferienhäuser verkauft, oder sie bleiben leer.«

»Und? Das ist bisher doch noch nicht verwerflich.«

»Nein. Aber es gibt wohl mehrere Fälle, in denen den Familien ohne ersichtliche Gründe kurz zuvor schon zugesagte Kredite von ihren Banken gekündigt wurden.«

Aidan zog die Augenbrauen hoch.

»Das heißt, Fergus Murphy sorgt dafür, dass den Bauern das Geld ausgeht und die Banken keine neuen Kredite anbieten – und macht dann ein Kaufangebot? Das wäre wirklich eine miese Masche.«

»Das ist nicht bewiesen. Es sind Gerüchte. Aber es scheint doch ein großer Zufall zu sein, dass das Abdrehen des Geldhahns und das Kaufangebot durch die Murphy-Gruppe zeitlich immer so gut zusammenpassten.«

»Hat niemand versucht, sich zu wehren?«

»Nicht, dass ich wüsste. Wenn du vor die Wahl gestellt wirst, ein gutes Kaufangebot anzunehmen oder die Zwangsversteigerung abzuwarten …«

Sie zuckte mit den Schultern, und er beendete ihren Satz.

»… dann nimmst du das Angebot an.«

»Das denke ich auch.«

Sie beobachtete, wie er offenbar die neuen Informationen einordnete und speicherte. Wahrscheinlich sammelte er so lange jede kleine Information, die mit einem Fall zusammenhing, und legte sie dann Stück für Stück zusammen, bis er mit Glück ein Muster erkannte. Sie fand seine Arbeit faszinierend, auch wenn sie nicht tauschen würde.

Aidan stellte die nächste Frage.

»Ist Collin beteiligt?«

»Soweit ich Hannah verstanden habe, ist Collin bisher nicht sonderlich aktiv in die Geschäfte seines Vaters eingebunden. In Zukunft soll sich das ändern, und Fergus schleppt ihn überallhin mit, aber so, wie ich Collin erlebt habe, könnte ich wetten, dass er während einer längeren Sitzung nur dasitzt, von seinen Pferden träumt und kein Wort mitbekommt. Kelly ist ein anderer Fall. Wenn die Gerüchte stimmen, dann weiß sie von der Masche ihres Vaters. So etwas würde ihr auch nicht entgehen. Aber Fergus hat immer deutlich gemacht, dass Collin sein Erbe ist und er den Namen der Familie weiterführen soll. Kelly hat seit Collins Volljährigkeit nichts mehr zu sagen.«

»Warum?«

»Fergus glaubt, dass eine Frau doch eher ins Haus und zu den Kindern gehört. Kelly musste um jedes bisschen Verantwortung kämpfen, und ihr Vater versucht ständig, sie zu einer profitablen Ehe zu drängen.«

Fiona dachte an die Abneigung in Moiras Stimme, als sie über Fergus Murphy gesprochen hatte. Aidans Stimme riss sie aus ihren Gedanken.

»Und Kelly heiratet nicht, weil …?«

Fiona zuckte nur mit den Schultern. Sie hatte mittlerweile eine Idee, was Kelly anging, aber würde sicherlich nicht mit Aidan darüber sprechen.

»Das soll sie dir doch besser selbst beantworten.«

Sie sah zurück zum Haus, das zum ersten Mal seit Tagen leer und verlassen wirkte.

»Aber all das erklärt nicht, wer Moira getötet hat und was gerade mit Mary passiert ist.«

Aidan warf ihr einen schnellen Seitenblick zu.

»Manchmal setzt ein Schock zeitverzögert ein, manchmal auch erst einen oder zwei Tage später.«

Sie sah ihn ungläubig an.

»Du meinst, Mary steht unter Schock, weil sie Moira getötet hat? Nein, das kann ich mir nicht vorstellen, niemals.«

Er lächelte müde, und sie erinnerte sich daran, dass er ihr einmal sehr überzeugend deutlich gemacht hatte, dass unter den richtigen Bedingungen vermutlich jeder zu einem Mord fähig war.

»Nein.«

»Dann sollte ich schnell herausfinden, was sie sonst so aus der Bahn geworfen hat, dass sie daran fast gestorben wäre.«

Sie sah ihn an, wie er neben ihr stand und über das Land blickte, von dem ein kleiner Teil ihr gehörte. Aus der Bahn geworfen – das schien auch auf ihn zuzutreffen.

»Wie geht es deiner Familie?«

Es war die erste private Frage, die sie ihm stellte, und sie sah, wie er etwas zurückwich.

»Gut.«

»Und dir? Wie ist es dir in den letzten Monaten ergangen?«

Sie musste sich zusammenreißen, um nicht vor dem Blick, den er ihr zuwarf, auszuweichen. Offenbar war es ihr nicht mehr gestattet, privat mit ihm zu sprechen.

Nachdenklich sah sie ihn an. Irgendetwas an seinem Blick und seiner Körperhaltung stimmte nicht, aber sein Gesichtsausdruck war eindeutig.

Sie wandte sich ab. Während sie zum Haus zurückging, hoffte ein kleiner Teil von ihr, seine Stimme zu hören. Aber sie wusste, dass er nicht nach ihr rufen würde.

21

Evan Gallagher hatte das ganze Dorf in den Pub eingeladen und den Abend Moira gewidmet. Auf dem Tresen stand eine Spendendose für ein Blumengesteck, und die Musiker, die eigentlich zu einer normalen Session kommen wollten, spielten die Lieder, die ihnen Freunde und Bekannte der Verstorbenen zuriefen. Der Laden war bis auf den letzten Platz voll, und weil niemand der Familien O'Keefe und Murphy anwesend war, brummte er vor Gerüchten und Mutmaßungen.

Aidan schlug sich zum Tresen durch und erkämpfte sich einen Platz.

Er liebte das »Gallaghers« seit seinem ersten Besuch. Wenn man den Dorfpub betrat, war es, als würde man in eine andere Welt eintauchen. Der schwere Tresen aus Eiche, der von unzähligen Stiefeln ausgetretene Holzboden, die Stühle und Bänke, die dazu einluden, sich alleine oder mit Freunden zu setzen und der Musik zu lauschen, die von der kleinen Bühne in der hinteren Ecke des Raumes erklang. Es gab ein altes, aber gut gestimmtes Klavier, und an den Wänden hingen Bilder und Fotos, die die Geschichte des Dorfes zeigten. Alle Flächen wurden regelmäßig poliert, und am Tresen glänzte das Messing der Zapfhähne mit den immer sauberen Gläsern um die Wette. Es gab einen versteckten Durchgang zur Küche, in der Anna Gallagher kochte. Und zwar verdammt gut, wie Aidan festgestellt hatte. Kein Schnickschnack, sondern eine gute Mischung aus allem, was er selbst als Seelenessen bezeichnen würde. Es gab Aufläufe und Braten, dicke Gemüsesuppen und selbst gemachte Fish and Chips. Einen so gemütlichen Ort wie das »Gallaghers« hatte er selten gesehen.

Sein heimlicher Traum war es, einmal selbst mit den anderen auf der kleinen Bühne Musik zu machen. Er hatte als Kind Klavier gelernt und war später zum Akkordeon gewechselt. Lange hatte er davon geträumt, um die Welt zu reisen und als Straßenmusiker sein Geld zu verdienen. Ein fast vergessener Traum, der ihm aber in den letzten Wochen, in denen er alleine in Dublin gelebt hatte, immer öfter wieder ins Gedächtnis gekommen war.

Er schüttelte den Gedanken ab. Es gab Träume, für die es einfach zu spät war. Aber hier im Pub, wenn hoffentlich eines Tages alles vorbei wäre, wenn seine Welt wieder in den gewohnten Bahnen liefe, könnte er vielleicht einmal auf der Bühne stehen.

Evan Gallagher kam zu ihm, um ihn zu begrüßen.

»Warum ist es so voll? Sind die alle wegen Moira hier?«

»Ja, sie wird vielen Menschen fehlen. Und die Leute wollen wissen, was passiert ist.«

Aidan beugte sich vor.

»Kanntest du sie?«

»Meine Mutter war über zwanzig Ecken mit ihr verwandt.«

»Wie anscheinend so ziemlich jeder hier im Dorf, oder?«

»Die O'Keefes waren schon immer eine große Familie, daher bleibt es nicht aus.«

»Warum würde jemand Moira töten? Was reden die Leute? Hast du etwas gehört?«

Evan zapfte Aidan ein kleines Bier und schüttelte den Kopf.

»Nichts. Also nichts, außer das, was zu erwarten war. Die einen favorisieren einen verrückten Messermörder, dessen erstes Opfer durch Zufall Moira war. Andere meinen, ein Auto mit Fremden gesehen zu haben, sicherlich eine dieser Einbrecherbanden aus Dublin, die die Hochzeit und der Rummel um Collin und Hannah in der Presse angezogen hat.«

»Dafür wären sie aber am falschen Haus gewesen. Die Murphys übernachten doch in Flynns Hotel, richtig?«

»Ja. Aber so was ist doch den Leuten egal, solange sie eine gute Geschichte erzählen können.«

Aidan nickte.

»Und was glaubst du?«

»Ich? Ich bin hier nur der Wirt.«

Er musterte Aidan von Kopf bis Fuß und stellte ihm dann zögerlich das Bier auf den Tresen.

»Geht es dir gut? Du siehst … mitgenommen aus.«

»Ärger in Dublin.«

Aidan griff nach dem Bier und sah Evan nachdenklich an. Er hatte ihn als einen Mann kennengelernt, der eine Menge mitbekam.

»Aber auch, wenn du nur der Wirt bist, was glaubst du? Du musst dir doch auch Gedanken gemacht haben.

Du kennst die Leute hier. Wenn es kein Verrückter und keine Einbrecherbande war – und ich halte beides für immens unwahrscheinlich –, dann muss es jemand gewesen sein, der Moira kannte.«

»Das ist es ja, was jeder hier im Raum weiß, aber nicht wahrhaben will. Deswegen wäre ein psychopathischer Serienmörder oder eine Messer schwingende Diebesbande die angenehmere Geschichte.«

Er bediente zwei neue Gäste und wandte sich dann wieder an Aidan.

»Moira wusste viel, sie hörte zu, und viele Menschen vertrauten ihr.«

»Und?«

»Was, wenn sie zu viel wusste?«

»Ja, das habe ich mich auch schon gefragt.«

Evan nickte ihm zu und ging an das andere Ende des Tresens.

Die Tür des Pubs öffnete sich, und Aidan sah Fiona. Auch sie bemerkte ihn, zögerte und kam dann aber mit ihrem Geigenkoffer in der Hand zu ihm an den Tresen.

»Setz dich.«

Sie sah ihn kühl an.

»Nein, ich gehe gleich auf die Bühne. Aber ich wollte Bescheid sagen, dass sich Hannah bei mir gemeldet hat. Sie konnten Mary stabilisieren. Sie ist bei Bewusstsein, aber hat bisher noch kein Wort gesagt. Ihre Familie wechselt sich ab, so dass immer jemand bei ihr ist.«

»Danke.«

»Hannah bat mich, dich zu informieren.«

Damit war sie wieder verschwunden und ließ Aidan am Tresen alleine mit seinem Bier zurück.

Die Tür des Pubs öffnete sich erneut, und ein Mann in einem dunklen Anzug trat ein. Das hagere Gesicht wurde von einem schwarzen Rollkragenpullover noch mehr betont, die Augen hinter einer dünnen runden Brille glitten neugierig über die Gäste und die Einrichtung des Pubs. Aidan unterdrückte einen lauten Fluch und griff nach seinem Glas.

Was zum Teufel machte Henry Shawn, ein Reporter der »Dublin Times«, hier in Ballinwroe? In Aidans Kopf ratterte es. Er war wahrscheinlich wegen der Hochzeit hier, ihm war es zuzutrauen, mit Leuten wie Murphy befreundet zu sein.

Aidan trank einen Schluck, und in seinem Kopf braute sich ein Plan zusammen. Kein schöner, nein, aber es war eine zu gute Gelegenheit, um sie verstreichen zu lassen. Schnell schob er sein Glas zur Seite.

»Evan, einen doppelten Whiskey, sofort!«

Der Wirt sah Aidan erstaunt an, stellte aber das Glas auf den Tresen und schenkte ein.

Aidan griff danach und verfluchte kurz, dass Fiona ihn so sehen würde. Aber das war seine Möglichkeit, die Sache zu beschleunigen.

Er würde es durchziehen, so oder so.

Er trank einen großen Schluck, drehte sich dann mit einem schiefen Grinsen um und ließ seine tiefe Stimme deutlich zu laut durch den Pub klingen.

»Wenn das nicht der schlaue Henry Shawn ist.«

Der Reporter blieb erstaunt stehen.

»Inspector Connolly. Was für eine Überraschung.«

Dann fiel sein Blick auf das Glas in Aidans Hand und seine schiefe Körperhaltung. Seine Augenbrauen hoben sich, und er trat neugierig näher.

»Sie sind für die Mordermittlungen zuständig?«

»Ja. Stets bereit, die Ordnung und den Frieden Irlands zu hüten.«

Aidan hatte so viel Sarkasmus in seine Stimme gelegt, wie ihm nur möglich war, außerdem hatte er leicht, aber unüberhörbar gelallt.

Er spürte förmlich, wie Evan vor Erstaunen innehielt und ihn beobachtete, und er konnte nur hoffen, dass er ihm nicht die Show vermasselte. Shawn war nicht nur Chefreporter der »Dublin Times«, sondern auch ein dicker Freund des Bürgermeisters und vieler Politiker und ranghoher Beamter. Wenn Aidan es schaffte, dass Shawn überall in Dublin erzählte, wie er in einem kleinen Pub im Westen den aufstrebenden Stern der Dubliner Garda betrunken im Dienst vorgefunden hatte, dann würde man ihm glauben.

»Und Sie? Seit wann schreiben Sie denn über einen misslungenen Raubmord an einer alten Dame im Nirgendwo? Oder nein, lassen Sie mich raten. Sie sind dem strahlenden Licht der Murphys gefolgt? Haben auf einen Happen vom Hochzeitsbuffet gehofft? Ich wusste gar nicht, dass Sie jetzt auch für die Gesellschaftsseiten schreiben.«

Aidan nahm noch einen Schluck und stellte das fast

leere Glas dann mit leicht wackeliger Hand auf den Tresen. Nicht übertreiben. Aber er hatte in seinem Leben schon genug Betrunkene gesehen, um zu wissen, was er tun musste. Shawn kam neugierig noch näher heran.

»Witzig, witzig. Und ich wusste nicht, dass Sie neuerdings so … lustig sind.«

»Oh, doch. Aidan Connolly, der bestbezahlte Clown der Garda.«

»Der war gut.«

Aidan schüttelte den Kopf.

»Wenn Sie einen wirklich guten Witz sehen wollen, dann schauen Sie doch in den Spiegel.«

Dann lachte er über sich selbst und sah sich Beifall heischend im Pub um. Die Leute waren still geworden. Aidan lief es kalt den Rücken runter. Man kannte ihn hier – fast jeder wusste, dass der Mann, der sich dort am Tresen danebenbenahm, der Inspector aus Dublin war. Aber er konnte nicht zurück.

»Ach, keiner lacht mit. Wahrscheinlich haben die Leute hier nicht den gleichen Humor wie wir in Dublin.«

Er sah, wie sich die ersten Augenpaare abwandten. Evan schien sich aus seiner Schockstarre gelöst zu haben und stand mit finster zusammengezogenen Augenbrauen hinter seinen Zapfhähnen.

Henry Shawn hatte sich neben Aidan gestellt und sah ihn mit einem Lächeln an, das Aidan an einen Hai erinnerte.

»Geben Sie mir ein Interview, Inspector Connolly?«

Aidan hob sein Glas, um dem Reporter zu zeigen, dass es leer war.

»Klar, wenn Sie meine Stimme ölen?«

Als der Reporter Evan signalisierte nachzuschenken, weigerte sich der Wirt.

»Nein. Ich denke nicht. Aidan, du hast das letzte Glas nicht vertragen.«

Aidan tat es in diesem Moment unsäglich leid, aber er musste in seiner Rolle bleiben.

»Meinst du? Sprichst du aus Erfahrung? Oder bedienst du jetzt nur noch ausgesuchte Gäste?«

»Du hast genug.«

»Ach komm, was soll's. Als ob es einen Unterschied machen würde. Als ob irgendetwas einen Unterschied machen würde. Ein Glas für meinen Freund hier, und eines für mich.«

Er sah Evan mit zusammengekniffenen Augen an, doch der schüttelte den Kopf.

»Nein, tut mir leid.«

»Du glaubst, nur weil dein Pub der einzige in diesem verdammten Nest ist, kannst du hier den König spielen?«

»Aidan. Ich bringe dich jetzt raus. Kein Interview heute.«

Der Reporter wollte zuerst noch etwas sagen, beschloss dann aber beim Anblick von Evans breiter Statur zu schweigen.

Aidan selbst überlegte kurz, ob er noch einmal laut werden sollte, entschied sich dann aber dagegen, ließ die Schultern sinken und seine Stimme noch etwas mehr lallen als zuvor. Er stieg von seinem Barhocker und griff nach seiner Jacke, wobei er sein leeres Glas fast umwarf.

»Schon gut, schon gut. Ich gehe. Kümmert euch doch um eure Scheißprobleme in Zukunft selbst.«

Und dann ging er zur Tür, wobei ihm die Leute wie durch Zauberhand Platz machten.

Draußen holte Aidan tief Luft. So schnell hatte er es sich noch nie mit einem ganzen Dorf verdorben.

22

Fiona hatte die Szene im Pub und Aidans plötzliche Verwandlung mit Entsetzen, aber schweigend beobachtet. Als er den Pub verlassen hatte, war sie ihm jedoch gefolgt. Er hatte geschauspielert, so viel war ihr nach wenigen Sekunden klar gewesen. Als sie ihm kurz zuvor noch gegenübergestanden hatte, war er klar gewesen wie immer. So schnell hatte er sich nicht betrinken können. Niemals. Aber warum er es darauf angelegt hatte, sich vor dem Dubliner Journalisten und dem halben Dorf so armselig und abscheulich zu benehmen, war ihr ein Rätsel. Eines, das sie nicht ungelöst lassen würde.

»Aidan!«

Schließlich blieb er stehen, und Fiona konnte förmlich spüren, wie er tief Luft holte. Er hatte die Dorfstraße überquert und stand nun vor der kleinen Kirche, deren Turm dunkel in den mondhellen Nachthimmel ragte.

Sie ging die letzten Meter auf ihn zu und stellte sich vor ihn.

»Du bist nicht betrunken.«

»Und ob.«

Fiona griff nach seinen Händen. Sie waren trotz der lauen Mainacht eiskalt, und sie konnte seine Anspannung spüren. Seine Hände waren ihr vor einigen Monaten als Erstes aufgefallen. Sie merkte, wie gerne er sie in diesem Moment zu Fäusten geballt hätte, und drückte sie sanft.

»Nein. Bist du nicht.«

Sie suchte seinen Blick.

»Warum hast du das getan? Was spielst du für ein Spiel?«

»Nicht hier. Bitte.«

Er blickte über die Schulter zurück zum Pub. Einige Leute waren herausgetreten und standen lachend beieinander. Sie seufzte. Dann ließ sie seine Hände los.

»Komm zu mir. Später.«

Als er zögerte, legte sie all ihre Kraft in ein letztes Wort.

»Bitte.«

☘

Als Fiona wieder in den Pub kam, wich sie den neugierigen Blicken der anderen Besucher aus, ging direkt zur Bühne und klappte ihren Geigenkoffer auf, den sie dort abgestellt hatte.

Aidans Reaktion hatte ihr fast das Herz zerrissen. Was auch immer ihn zu seinem Verhalten trieb, was auch immer er im Sinn hatte, es schien ihn bis ins Innerste seiner Seele zu erschüttern.

Sie hoffte, dass er später den Weg zu ihr finden würde, aber jetzt ging es darum, Musik zu machen. Für Moira.

Sie setzte sich zu den anderen Musikern auf die kleine Bühne und griff dankbar nach dem dunklen Bier, das ihr Evan anreichte. Er beugte sich kurz zu ihr herunter.

»Geht es ihm gut?«

Fiona nickte.

»Weißt du etwas?«

Sie konnte nur den Kopf schütteln. Aber als Evan gehen wollte, hielt sie ihn am Ärmel fest.

»Sing mit uns. Sing für uns Moiras Lieblingslied.«

Und als er sie fragend ansah, hob sie ihre Geige und spielte die ersten Töne einer Melodie, die alle im Pub kannten. *On Raglan Road*. Die anderen Musiker stimmten ein, und Evan sah sie mit einem traurigen Lächeln an.

Sie formte mit ihren Lippen die Wörter »für Moira«, und er begann zu singen. Als die ersten Worte des Liedes, dessen Text der Dichter Patrick Kavanagh aus Liebeskummer geschrieben hatte, den Raum erfüllten, wurde es im Pub leise, und jeder lauschte Evans dunkler Stimme, die von Schönheit, Liebe und Trauer sang:

»On Raglan Road on an autumn day
I saw her first and knew
That her dark hair would weave a snare
That I might one day rue

I saw the danger, yet I passed
Along the enchanted way
And I said, Let grief be a falling leaf
At the dawning of the day.«

Fiona spielte die vertraute Melodie auf ihrer Geige und lauschte Evans Stimme, dem traurigen Lied über Liebe und Verlust. Der Dichter besang eine Liebe, in die er sein ganzes Herz gelegt hatte, obwohl er von Anfang an gewusst hatte, dass es vergeblich sein würde. Er erzählte von einer Liebe, die vom ersten Moment an davon lebte, unerfüllbar zu sein – und die er genau deshalb umso mehr herbeisehnte. Fiona merkte, wie ihr Tränen in die Augen stiegen, als Evan bei der letzten Strophe angekommen war.

»That I had loved not as I should
A creature made of clay
When the angel woos the clay
He'll lose his wings at dawn of day.«

Fiona sah auf. Im Pub war es still, in nicht wenigen Augen sah sie Tränen, und auch ihr liefen sie über die Wangen.

Evan räusperte sich, griff zu dem Glas, das neben ihm auf dem Tresen stand, und hob es an:

»Auf Moira – die für immer in unseren Herzen und unseren Erinnerungen ist.«

Fiona sah auf die Gesichter um sich herum und auf die hocherhobenen Gläser.

Auf Moira.

23

Leise setzte sich Aidan auf. Neben sich hörte er Fionas leisen Atem. Er lächelte, nur um sich selbst im nächsten Moment zu verfluchen. Er hätte nicht kommen sollen, er hätte einfach im Pfarrhaus bleiben sollen. Nach seinem Verhalten gestern Abend im Pub würde es kein Zurück mehr geben.

Aber stattdessen war er wie ein Teenager mitten in der Nacht aus dem Fenster des Gästezimmers des Pfarrhauses gestiegen und hatte sich auf den Weg zu Fionas kleinem Häuschen gemacht. Sie hatte dort vor dem Kamin gesessen und gewartet. Auf ihn.

Viel geredet hatten sie nicht. Er würde Fiona nicht erzählen, was außer ihm und seiner Vorgesetzten nur wenige Menschen wussten. Er würde das, was ihm bevorstand, nicht in ihre Welt, nicht in ihr kleines Häuschen tragen. Nicht, dass er ihr nicht zutraute, auch damit klarzukommen. Er wusste, wie stark sie war. Aber er hatte sich einfach so nach einem Ort gesehnt, der frei von Täuschungen war – und ihn bei ihr gefunden. Sie hatte nicht darauf bestanden, die Gründe für sein Verhalten im Pub zu erfahren, und dafür war er verdammt dankbar.

Leise stand er auf und schlüpfte in den schmalen Waschraum. Beim Anblick der winzigen Dusche schüttelte er nur den Kopf und ließ dann die kleine Waschschüssel mit Wasser volllaufen. Die Dusche würde warten müssen, und so konnte er ihren Geruch noch etwas länger mit sich tragen. Als er sein Gesicht im Spiegel betrachtete, hatte er das erste Mal seit Wochen das Gefühl, wieder sich selbst zu sehen. Er würde das Ganze schnell wieder verstecken müssen, aber er war froh, dass er den Gedanken an Fiona wie einen geheimen Schatz mit sich tragen konnte. Egal, was die nächsten Wochen brachten.

Leise suchte er seine Kleidung zusammen und zog sich an. Gerade als er mit den Schuhen in der Hand die Tür des kleinen Häuschens öffnen wollte, hörte er Fionas verschlafene Stimme.

»Du schleichst dich davon?«

Er drehte sich um.

»Es ist besser, wenn uns keiner sieht.«

»Ja, das sagtest du schon. Und den Grund wirst du mir wahrscheinlich nicht erklären, richtig?«

»So ist es.«

Sie richtete sich auf, stieg aus dem Bett und wickelte sich in einen dünnen Morgenmantel.

»Ich bringe dich noch bis zum Tor. Niemand wird um diese Zeit wach sein.«

Er wollte etwas erwidern, schloss dann aber den Mund. Fiona sagte etwas zu Eanáir, was er nicht verstehen konnte, und die große Hündin sprang auf und wedelte mit dem Schwanz.

»Komm.«

Der Garten lag still und leise im frühen Morgenlicht und wartete auf den Tag.

Am Tor angekommen, blieb Fiona stehen und schmiegte sich an ihn. Er atmete den Duft ihrer Haare ein und genoss die Wärme ihres Körpers, die er durch den dünnen Mantel spüren konnte.

So standen sie eine Weile, bis Aidan auf dem Weg eine Bewegung wahrnahm und sich erschrocken vor Fiona stellte.

»Was …?«

»Oh, das ist nur Finja, Katelyns Hündin. Ich befürchte, jemand ist doch schon wach.«

Sie sahen, wie Katelyn wenige Meter hinter ihrer Hündin auf den Weg bog.

»Guten Morgen.«

Fiona lächelte, und Aidan holte erleichtert Luft. Katelyn Bell, die Künstlerin. Er hatte sie ebenfalls vor einigen Monaten kennengelernt. Sie würde, wenn Fiona sie bat, sicherlich niemandem davon erzählen, dass er so früh am Morgen hier war.

»Guten Morgen. Finja hat heute den Weg bestimmt und wollte zu dir und Eanáir. Und ich dachte, ich bekomme vielleicht einen Tee.«

Sie lächelte Aidan an.

»Ich wusste nicht, dass du Besuch hast.«

Fiona lachte etwas verlegen.

»Er hat sich in der Nacht zu mir geschlichen und wollte am Morgen auch unerkannt entkommen. Aber nun sind wir auf ewig deiner Gunst und deinem Stillschweigen ausgeliefert.«

»Mein Schweigen sei euch gewiss.«

Katelyn zwinkerte ihnen zu.

»Aber nur, wenn ich gleich einen Tee bekomme, sobald du deinen Ritter losgeworden bist.«

Bevor Aidan etwas sagen konnte, klingelte sein Telefon.

»Entschuldigung, das Hauptquartier.«

Er nahm ab und war nicht überrascht, die wütende Stimme von Superintendent Daly zu hören. Sein Plan hatte also funktioniert.

☘

Fiona blieb mit Katelyn am alten Zaun des Obstgartens stehen und sah Aidan hinterher.

»Ein interessanter Mann, dieser Inspector.«

Fiona sah in Katelyns neugierige Augen und seufzte dann.

»Ja, ich mag ihn sehr. Aber es ist kompliziert. Ich kann nur hoffen, dass, was auch immer sein Kampf gerade ist, er ihn gewinnt.«

»Er ist Ire. Wir sind Iren. Kämpfen liegt uns im Blut.«

Fiona blickte erstaunt auf, grinste dann aber, als sie das vergnügte Funkeln in den Augen ihrer Freundin sah.

»Ich wette, solche Sprüche sind in London bei deinen Kunden richtig gut angekommen, oder?«

»Ich kann nicht behaupten, dass es geschadet hat, einen Akzent zu haben und ab und an etwas Gälisch in den Raum zu werfen …«

Fiona musste lachen und legte Katelyn einen Arm um die Schultern.

»Das glaube ich sofort.«

Dann schaute sie zu Aidan, der auf dem Weg stand und mit finsterem Blick über die Wiesen sah.

»Katelyn?«

»Ja?«

»Ich habe Angst. An so viele unserer Helden erinnern wir uns doch nur, weil ihr Tod in den Liedern besungen wird.«

»Da hast du wohl recht.«

Zusammen gingen die beiden Frauen Aidan entgegen, der das Gespräch beendet hatte und dessen Gesicht nichts Gutes verhieß.

»Fergus Murphy hat wohl einen brühwarmen Bericht über meinen Auftritt gestern im Pub bekommen und dann seine Kontakte spielen lassen. Ich bin raus aus dem Fall und muss zurück nach Dublin.«

Aidan war froh, dass sein Plan so gut funktioniert hatte. Nach dieser Aktion im Pub würde niemand mehr vermuten, dass er im Auftrag der Garda Kontakt zu den korrupten Polizisten suchte. Nein, sie würden nicht den erfolgreichen Inspector, sondern den gefallenen, gebrochenen und am Boden liegenden Mann sehen, der all seine Werte über Bord warf und schlussendlich bereit war, bei ihrem miesen Spiel mitzumachen.

»Und es wäre wirklich besser, wenn niemand wüsste, wo ich heute Nacht war.«

»Du gehst? Was ist mit Moira? Was ist mit den Ermittlungen?«

Fiona merkte, wie die Wut in ihr hochkochte.

»Fiona, ich muss. Es geht nicht anders. Ich verspreche dir, dass jemand kommen wird, jemand Gutes, der den Fall übernimmt. Ich …«

Aidans Augen sagten ihr alles, was sie wissen musste, und Fiona straffte ihre Schultern.

»Ich verstehe. Du weißt hoffentlich, dass du hier immer willkommen bist. Und warte!«

Fiona kramte in ihrer Tasche nach Stift und Zettel und schrieb schnell einige Zahlen auf.

»Das ist Orlas Privatnummer. Privater als privat. Ich werde ihr sagen, dass sie dir, wenn du anrufst, mit allen Mitteln helfen soll.«

»Ich brauche keine Hilfe.«

Fiona griff nach seinem Arm und drückte ihn kurz.

»Vielleicht brauchst du wirklich keine Hilfe. Aber wenn etwas ist, ruf sie an. Sie wird nicht nach dem Grund fragen. Und sie hat Kontakte.«

Aidan rang sichtlich mit sich selbst.

»Es kann sein, dass mir bald niemand mehr helfen will. Dass …«

Fiona gab ihm einen schnellen Kuss und drückte ihn fest an sich.

»Sie wird dir helfen, weil sie es für mich tun wird.«

Es gab wenige Dinge, derer sie sich so sicher war wie der Unterstützung durch Orla.

»In Ordnung. Danke.«

Er zögerte.

»Ich werde als Erstes dafür sorgen, dass jemand kommt,

der sich mit voller Energie um Moiras Fall kümmern wird. Versprochen.«

Mit einem schnellen Nicken in Katelyns Richtung drehte er sich um, kletterte über eine der niedrigen Steinmauern und verschwand Richtung Fluss.

24

Michael kannte das Krankenhaus in Ennis schon. Als Gemeindepriester war er seit seiner Ankunft in Ballinwroe schon mehrmals dorthin gefahren, um Patienten beizustehen oder Sterbenden das letzte Sakrament zu spenden. Zum Glück geschah dies eher selten. In den kleinen Dörfern, die zu seiner Gemeinde gehörten, starben viele der Menschen noch zu Hause in ihrem eignen Bett. In Dublin hatte er das kaum erlebt. Er verstand, dass es von den Familien und Angehörigen einiges an Mut und Kraft verlangte, einen Sterbenden zu begleiten.

Doch heute sollte seine Aufgabe hier eine andere sein. Mrs O'Keefe hatte nach ihm verlangt. Grady O'Keefe hatte ihm erzählt, dass seine Mutter mittlerweile stabil sei, aber bisher kaum mehr als eine Handvoll Worte gesprochen habe. Und zu diesen hatte sein Name gehört.

Als er das Zimmer betrat, sah er das blasse Gesicht von Mary O'Keefe zwischen den Kissen. Sie war noch mit einigen Geräten verbunden, aber sie hatte die Augen geöffnet, und in ihren Händen hielt sie ein zugeschlagenes Buch. Michael kam näher und setzte sich dann auf den Stuhl, der dicht neben dem Bett stand.

»Hallo, Mary.«

Sie sah ihn an und streckte ihm dann das Buch entgegen.

»Soll ich Ihnen etwas vorlesen?«

Mrs O'Keefe nickte langsam und reichte ihm ihre Bibel. Es war ein oft gelesenes Buch, in dem viele Fotos und Postkarten steckten und Unterstreichungen die Seiten zierten. Er lächelte und blickte auf die geöffnete Seite. Das Lukasevangelium. Er räusperte sich und begann zu lesen:

»›In diesen Tagen machte sich Maria auf den Weg und eilte in eine Stadt im Bergland von Judäa. Sie ging in das Haus des Zacharias und begrüßte Elisabet. Und es geschah, als Elisabet den Gruß Marias hörte, hüpfte das Kind in ihrem Leib. Da wurde Elisabet vom Heiligen Geist erfüllt und rief mit lauter Stimme: Gesegnet bist du unter den Frauen und gesegnet ist die Frucht deines Leibes. Wer bin ich, dass die Mutter meines Herrn zu mir kommt? Denn siehe, in dem Augenblick, als ich deinen Gruß hörte, hüpfte das Kind vor Freude in meinem Leib.‹«

Mrs O'Keefe hob die Hand, und er hörte auf zu lesen. Warum hatte sie gerade diese Stelle ausgesucht? Es war eine bekannte und in seinen Augen besonders ergreifende Stelle des Lukasevangeliums, die nicht wenige Künstler illustriert hatten. Die schwangere Maria besucht Elisabet, die ebenfalls schwanger ist. Die beiden ungeborenen Kinder, Jesus und Johannes der Täufer, erkennen einander.

Er sah hinab auf das Buch in seiner Hand und auf das Bild, das als Lesezeichen zwischen den dünnen Seiten steckte. Zwei junge Frauen, fast noch Mädchen, die einander an den Händen hielten und in die Kamera lächelten.

»Sind Sie das?«

Ein kaum sichtbares Nicken.

»Und eine Freundin?«

Mrs O'Keefe zeichnete mit zittriger Hand ein Kreuz über ihrer Brust. Michael verstand.

»Sie ist verstorben?«

Eine Träne rollte ihr langsam die Wange herunter.

»Sollen wir für sie beten?«

Und so nahm Michael Mrs O'Keefes Hände in die seinen und begann zu beten. Als er die letzten Worte gesprochen hatte, sah er, dass sie die Augen geschlossen hatte. Für einen kurzen Moment überfiel ihn Panik, dann bemerkte er, wie ihr Brustkorb sich hob und senkte, und er beruhigte sich. Sie war eingeschlafen. Vorsichtshalber beugte er sich aber vor und drückte auf den roten Knopf, der neben ihr auf dem Nachttisch lag.

Ein Krankenpfleger kam ins Zimmer, und Michael stand leise auf.

»Sie schläft.«

Der junge Mann nickte und machte sich mit geübten Griffen daran, das Kopfteil herunterzustellen und die Geräte zu kontrollieren.

»Die Medikamente machen sie noch sehr müde.«

Michael griff nach seiner Tasche. Die Bibel legte er auf den Nachttisch, und mit einem letzten Blick auf die blasse, so verletzlich wirkende Frau in dem großen Bett verließ er das Zimmer.

Was auch immer Mrs O'Keefe mit sich trug, was auch immer es war, was sie ihm vor einigen Tagen selbst im Beichtstuhl nicht hatte erzählen können, es verschlug ihr immer noch die Sprache. Er hoffte sehr, dass sie einen Weg finden würde, sich von ihrer Last zu befreien.

☘

Als Michael aus der breiten Tür des Krankenhauses in das helle Sonnenlicht trat, blinzelte er und zuckte zusammen, als er seinen Namen hörte.

»Pater Moran?«

Als seine Augen sich an die Helligkeit gewöhnt hatten, erkannte er Collin Murphy, der mit großen Schritten auf ihn zueilte.

»Collin? Was machen Sie denn hier? Ist Hannah auch da?«

Er sah, wie der Mann zögerte.

»Nein. Hannah … Hannah will mich zurzeit nicht sehen.«

»Oh.«

»Das wird schon wieder. Sie wird zur Vernunft kommen. Es war einfach zu viel, verstehen Sie?«

»Ja, natürlich.«

Michael hatte nicht das Gefühl, dass es Hannah O'Keefe jemals an Vernunft mangelte, aber es war nicht an ihm, dazu etwas zu sagen. Er hatte von Fiona gehört, was beim Streit zwischen den Brüdern und Collin alles gesagt worden war.

»Waren Sie bei Mary O'Keefe?«

»Ja, aber sie schläft jetzt. Die Medikamente sind wohl noch ziemlich stark.«

»Hat sie gesprochen?«

Michael sah erstaunt auf, als er die Dringlichkeit in Collins Stimme hörte.

Michael zögerte. Er wusste nicht genau, warum, aber ihm erschien das, was zwischen ihm und Mrs O'Keefe passiert war, zu intim, um mit Collin darüber zu sprechen.

»Collin … ich war als ihr Seelsorger dort.«

»Also hat sie Ihnen erzählt, was mit ihr los ist?«

»Gehen Sie doch zu ihr, wenn sie wieder wach ist. Sicherlich wird sie sich freuen, ein weiteres Gesicht zu sehen.«

»Ja, ja, das mache ich. Ist Hannahs Vater auch da?«

»Nein, John ist nach Dublin gefahren, um noch einige Dinge zu holen. Wenn ich es richtig verstanden habe, wird Grady gleich wieder hier sein.«

»Dann sollte ich besser gehen. Ich glaube, Grady und ich sollten uns einige Tage aus dem Weg gehen.«

»Aber …«

Doch bevor Michael etwas erwidern konnte, hatte Collin sich umgedreht und war mit großen Schritten auf den kleinen schwarzen Sportwagen zugeeilt, der mitten im Halteverbot vor dem Krankenhaus stand.

Michael schüttelte den Kopf und wühlte in seiner Tasche nach dem Parkschein, um sein eigenes kleines Auto aus dem Parkhaus auf der gegenüberliegenden Straßenseite zu holen.

Auf dem gesamten Weg nach Ballinwroe ging ihm das Bild der beiden Mädchen auf dem Foto nicht aus dem Kopf. Irgendwie hatte er das Gefühl, das Gesicht der zweiten Frau zu kennen.

25

Fiona stand vor der Küche des Ballinwroe Inn und starrte in den trüben Regen. Aidan war aus dem Dorf verschwunden und hatte seinen Sergeant mitgenommen. Fergus Murphy hatte sich damit gerühmt, den unmöglichen Inspector losgeworden zu sein. Der Fall war zurück an die Ermittlungsbehörde in Ennis gegangen.

In Fionas Garten standen immer noch die Zelte der Spurensicherung, immer noch waren alle Wege abgesperrt. Die O'Keefes waren dabei, ihre Zimmer zu räumen. Mary würde am nächsten Tag in eine Spezialklinik nach Dublin verlegt werden.

Leahs Anruf, in dem sie Fiona aufforderte, ins Hotel zu kommen, hatte sie erreicht, als sie gerade dabei gewesen war, den Frühstücksraum von seinem Hochzeitsschmuck zu befreien. Das Wegwerfen nie bestaunter und verblühter Tischdekoration war auf Fionas Liste der schlimmsten Tätigkeiten weit nach oben gerutscht.

Nach dem Anruf hatte sie sich ihre Gummistiefel angezogen und die Regenjacke übergeworfen und war zum Hotel losmarschiert.

Leah hatte ihr zugewinkt, war aber noch in irgendeine langwierige Diskussion mit einem Lieferanten verwickelt. Und so stand Fiona nun tropfend und mit schlechter Laune unter dem Vordach der Küche und starrte in den Regen.

Ein Auto fuhr auf den Hof, und Pater Moran stieg aus.

Er öffnete einen schwarzen Regenschirm, unter dem eine ganze Truppe Priester Platz gefunden hätte, und kam auf sie zu.

»Hallo!«

Unbeholfen schloss er den großen Regenschirm und stellte sich zu ihr.

»Hat Leah dich auch angerufen? Weißt du, worum es geht?«

Fiona schüttelte den Kopf.

»Aber ich hatte das Gefühl, dass ein Nein nicht akzeptiert werden würde.«

Er lachte leise, und sie sah ihn nachdenklich an.

»Weißt du, was mit Aidan los ist?«

Die Frage war ihm sichtlich unangenehm.

»Du musst ihn selbst fragen.«

»Also weißt du etwas!«

Sie hatte es so satt, sich eine unsinnige Erklärung nach der anderen für Aidans Verhalten auszudenken.

»Fiona, selbst wenn es so wäre. Ich bin auch dann ein Priester, wenn ich nicht gerade im Beichtstuhl sitze, verstehst du?«

»Ja, schon gut …«

Frustriert starrte sie in den Regen.

»Entschuldigung. Ich wollte dich nicht ausfragen. Ich …«

Sie dachte an Aidan und wie er zum Fluss hinuntergegangen war.

»Ich mag ihn. Mehr, als mir lieb ist.«

»Er ist ein verdammt guter Mann.«

Bevor sie etwas sagen konnte, riss Leah die Tür auf.

»Kommt rein, ich musste das noch klären. Evan und Anna kommen auch gerade.«

Ein weiterer Geländewagen fuhr auf den Parkplatz des Hotels, hielt neben Michaels Auto an, und kurz darauf rannten auch Evan und Anna Gallagher durch den Regen zur Küchentür.

»Was für ein Wetter!«

Anna Gallagher schälte sich aus einer Regenjacke und schüttelte ihre blonden kurzen Haare.

»Hast du Fiona und Michael schon gefragt?«

»Was gefragt?«

Fiona sah neugierig von Anna zu Leah. Die schüttelte den Kopf.

»Nein, noch nicht. Ich habe gerade die Murphys verabschiedet, sie reisen ab.«

Sie gingen in den Vorraum der Küche, und Leah blieb stehen.

Fiona konnte die Spuren von Müdigkeit trotz des sorgfältig aufgetragenen Make-ups in Leahs Gesicht sehen. Auch für sie selbst und das Greenhill war die geplatzte Hochzeit ein Rückschlag, keine Frage. Aber sie konnte auf Orlas Unterstützung setzen, auf ihre Kontakte nach Dublin, und sie hatte als Hotelmanagerin mehr als eine Enttäuschung erlebt und auch überwunden. Aber für Leah war das alles neu. Seit dem Weggang ihres Vaters hatte Leah Tag und Nacht gearbeitet, um das eingestaubte Hotel ins einundzwanzigste Jahrhundert zu holen, hatte dunkle Teppiche gegen warmes Holz getauscht, die schweren alten Vorhänge ersetzt. Wenn Fiona im Kopf auch nur grob die Summe überschlug, die Leah und damit wohl auch Dylan in das Hotel investiert hatten, wurde auch ihr flau im Magen.

»Immerhin haben sie ohne Widerrede für alles gezahlt. Nicht mal Kelly hat versucht, die Rechnung zu drücken.«

Leah richtete sich auf und schüttelte den Kopf.

»Es nützt nichts, Trübsal zu blasen. Deswegen habe ich euch alle auch gebeten, zu kommen und etwas Zeit mitzubringen. Das Essen für die Hochzeit lagert in meinen Kühlräumen. Es wäre eine Sünde, es zu vernichten. Daher habe ich zusammen mit Evan und Anna eine Liste von Gemeindemitgliedern erstellt, die sich über ein Essen freuen würden. Wir könnten es hier abpacken und dann zu den Leuten fahren. Also wenn das für dich in Ordnung ist, Fiona.«

Fiona merkte, wie sie rot wurde. Sie hatte gar nicht an das viele Essen gedacht und wäre in Dublin auch nicht auf die Idee gekommen, es weiterzugeben. Die strengen Auflagen hatten es den Küchen dort fast unmöglich gemacht, den Überschuss zu spenden. Sie war sehr froh, dass es hier anders war, und noch glücklicher darüber, dass Leah und Evan an so etwas dachten und sich trotz ihrer eigenen Arbeit die Zeit dafür nahmen.

»Ja, natürlich. Was für eine gute Idee! Ich kann beim Abpacken helfen und auch beim Ausfahren.«

»Gut, das hatte ich gehofft. Dann kannst du vielleicht mit Pater Moran fahren? Er kennt die Strecken und die Leute. Also, wenn Sie auch dabei sind, Pater?«

Michael nickte.

»Natürlich. Wir können meinen Wagen nehmen.«

Fiona fiel noch etwas ein.

»Leah?«

»Ja?«

»Was ist mit der Torte? Sie steht noch bei mir in der Kühlung.«

Leah ließ die Schultern hängen. Fiona konnte nur ahnen, wie es sich anfühlen musste, so viele Stunden Arbeit in etwas investiert zu haben, was dann nie bewundert werden konnte.

»Du hast recht. Wir nehmen das Dekor ab, schneiden sie in Stücke und verteilen sie am Sonntag nach der Kirche zum Kaffee im Gemeindehaus.«

»Aber …«

Fiona sah Leah ins Gesicht und verschluckte den Rest des Satzes.

»Ja, so machen wir es.«

26

Fiona saß neben Michael auf dem Beifahrersitz seines Wagens und sah auf die Landschaft um sie herum.

Sie war als Kind manchmal mit ihrem Vater in seinem alten, aber immer auf Hochglanz polierten Auto über die schmalen und gewundenen Straßen und Feldwege gefahren. »Spazieren fahren« hatte er es genannt und sie mitsamt einem kleinen Korb mit Äpfeln, Brot, oder was auch immer die Speisekammer gerade hergegeben hatte, auf den Beifahrersitz gehoben. Mit einem Pfeifen auf den Lippen hatte er den Motor gestartet, und sie waren losgerollt – ohne Ziel, ohne Plan. In Fionas kindlicher Vorstellung waren sie damals Meilen über Meilen durch das Land gefahren, in Wirklichkeit, das wusste sie heute, hatten sie den Umkreis des Dorfes nie verlassen. Ihr Vater hatte irgendwann an einem alten Baum, einer Bank oder einer Steinmauer auf einem Hügel angehalten, sie hatten ihren Proviant verspeist und schweigend über das Land geblickt. Schweigend, denn er war nie ein Freund vieler Worte gewesen. Grundsätzlich hatte es in ihrem Elternhaus wenig Gespräche, wenig Lachen, wenig Leben gegeben. Nicht, weil ihre Eltern etwa unglücklich gewesen waren, das nicht. Aber wirklich glücklich hatte Fiona sie auch nie erlebt. Die beiden hatten ihr Leben irgendwo in der Mitte zwischen diesen beiden Zuständen gelebt und vielleicht nie hinterfragt, ob sie es sich so ausgesucht hatten oder nicht. Vielleicht war genau das der Grund dafür gewesen, dass sie Fionas Weigerung, den Vater ihres ungeborenen Kindes zu heiraten, so in ihren Grundfesten erschüttert hatte, dass sie lieber ihr Kind verloren, den Kontakt abgebrochen hatten, als sich mit dem Gedanken auseinanderzusetzen, von dem, was man so tat, abzuweichen. Sie wusste es nicht – und sie bereute oft, dass sie es nie herausfinden würde.

Wie oft hatte sie sich in den ersten Jahren gefragt, ob ihre Eltern sie je geliebt hatten. Heute, bei der Fahrt durch die Felder und der Erinnerung an die Ausflüge mit ihrem Vater, wusste sie, dass es so gewesen war. Auch wenn sie es hatten wohl nie wirklich zeigen können.

Sie dachte an Collin und Hannah und die beiden Familien, die in den letzten Tagen so viel durchgemacht hatten. Sie glaubte, die Liebe der O'Keefes für ihre Tochter mehr als deutlich gespürt zu haben. Johns Wut, das Mitgefühl ihrer Mutter, den Beschützerinstinkt ihrer Brüder. Aber war es Liebe, die Fergus Murphy dazu brachte, seinen Sohn so unter Druck zu setzen? War es Liebe, die seine Tochter dazu brachte, trotz aller schmerzhafter Zurückweisung dennoch bei ihrem Vater zu bleiben? Sie wusste es nicht. Mit einem Seitenblick auf Pater Moran überlegte sie kurz, ihn zu fragen, aber da er nie über seine eigene Familie sprach, verwarf sie den Gedanken wieder und konzentrierte sich erneut auf ihre Umgebung.

»Wohin fahren wir als Erstes?«

»Richtung Nordosten, vielleicht sieben Kilometer. Die Ansammlung von Häusern dort hat wohl offiziell keinen

Namen. Der alte Gutshof steht mittlerweile schon seit Jahren leer, und die Felder sind verpachtet, aber in den alten Gesindehäusern leben noch einige der früheren Landarbeiter. Auf deiner Liste stehen die Namen. Mr Burke, Mrs Murray und das Ehepaar Hayes. Liam Burke hat vierzig Jahre lang auf dem Hof gearbeitet, und auch jetzt hält er hinter seinem Haus in einem Stall Hühner. Mave Murray ist seit zehn Jahren verwitwet, auch ihr Mann war Landarbeiter. Sie hat in der Küche des Hofes gearbeitet und die Tiere versorgt. In letzter Zeit machen ihr die Hände zu schaffen, Arthritis, was wirklich eine Schande ist, da sie hervorragend stricken kann. Ihre Kinder sind nach Dublin gegangen, kommen aber regelmäßig vorbei und versuchen, sie dazu zu überreden, mitzugehen. Aber Mave ist stur, sie will ihr Häuschen nicht verlassen. Und dann sind da noch die Hayes. Sie erinnern mich immer ein wenig an die beiden alten Griesgrame aus der Muppet Show. Die, die oben in der Loge sitzen, weißt du?«

Fiona nickte. Sie war immer wieder erstaunt, wie viel Michael in kurzer Zeit über die Mitglieder seiner Gemeinde wusste. Und mit wie viel Begeisterung er über die Menschen sprach. Auch wenn sie den Grund dafür nicht kannte, so wusste sie doch, dass Ballinwroe für ihn eine Art Versteck war. Aber ob er selbst bemerkte, wie eng er sich schon an das Land und die Leute gebunden hatte? Wie sehr er hierherpasste? Michael hatte unterdessen fröhlich weitergeredet.

»Mr Hayes war Lehrer in Ennis, und sie hat lange als

Arzthelferin gearbeitet. Warum sie hierhergezogen sind, erzählen sie nie so richtig. Nur, dass sie raus aufs Land wollten und das kleine Cottage zu einem Spottpreis bekommen haben. Was aber auch kein Wunder ist, da es weder einen Anschluss an die Kanalisation noch an die Wasserversorgung hat.«

»Sickergrube und Brunnenpumpe?«

Fiona war Landkind genug, um sich mit so etwas auszukennen.

»Ja. Es ist immer ein bisschen wie eine Zeitreise. Die Hayes kommen nicht zur Kirche, aber Mave und Liam werden immer von einem Gemeindemitglied abgeholt, und daher sehe ich sie auch am Sonntag. Anna Gallagher fährt ja zweimal die Woche ihr Essen auch über die Dörfer, manchmal nehme ich ihr eine Tour ab oder begleite sie.«

»Anna macht das?«

»Ja. Sie hat ja auch den Mittagstisch im Pub auf die Beine gestellt und sich wirklich ins Zeug gelegt, um dafür so viele Fördergelder wie möglich an Land zu ziehen. Mit Erfolg. Sie mag vielleicht etwas schüchtern wirken, aber sie ist ziemlich hartnäckig.«

Fiona dachte an Evan Gallaghers zierliche blonde Frau. Aber sie wusste selbst, dass der erste Eindruck, den Anna auf die Menschen machte, nicht stimmte. Oder nur zum Teil.

»Ich glaube, ich habe sie auch unterschätzt.«

»Das tun alle. Als sie mitbekam, wie viele ältere Menschen wie Liam und Mave auf den Dörfern verteilt wohnen, hat sie noch mehr Anträge geschrieben und schließlich den mobilen Mittagstisch ins Leben gerufen. Als ich dann in die Gemeinde kam, habe ich von ihr am meisten über die Leute hier gelernt.«

Fiona sah Michael erstaunt an.

»Warum wusste ich nichts davon?«

»Du steckst, seitdem du in Ballinwroe bist, bis über beide Ohren in Arbeit. Wir … ich dachte nicht, dass du die Zeit für so etwas hast?«

Fiona spürte einen Stich bei Michaels Worten. Sie wollte dazugehören.

»Ja, aber das ist keine gute Ausrede, oder? Anna und Evan oder Leah nehmen sich die Zeit ja auch. Ich werde in Zukunft ebenfalls helfen.«

Sie spürte Michaels Blick auf sich ruhen.

Er fuhr den Wagen hinter einer kleinen Steigung um eine Kurve, und vor ihnen öffnete sich ein weites Tal. Er hielt kurz an und kurbelte das Fenster herunter.

»Das ist übrigens der ehemalige Hof der O'Keefes. Anna hat mich darauf hingewiesen.«

Fiona blickte in die Richtung, in die Michael zeigte, und sah eine Ansammlung von verfallenen Gebäuden, die stellenweise schon von Pflanzen überwuchert waren.

»Aber … das ist ja eine halbe Ruine! Warum hat Murphy das Haus denn so verfallen lassen? Das ist doch verrückt.«

»Das dachte ich auch beim ersten Mal. Aber anscheinend ist das kein unübliches Ergebnis, wenn Fergus Murphy die Höfe aufkauft. Es geht ihm nur um das Land.«

Fiona sah auf das, was so viele Jahre lang ein prachtvoller Hof und das Zuhause einer Familie gewesen war, und verstand plötzlich, warum John O'Keefe die Fäuste ballte, wenn er dem alten Murphy begegnete. Der Anblick machte auch sie wütend.

»Lass uns weiterfahren.«

☘

Mrs Murray war vielleicht über achtzig und hatte ein Leben voller harter Arbeit hinter sich; ihre Hände mochten steif sein, ihr Rücken gebeugt und ihre Bewegungen langsam – aber ihr Kopf war das ganz und gar nicht, und so erzählte sie begeistert, während Fiona und Michael das Essen ausluden und in ihrem großen Kühlschrank verstauten. Das kleine Cottage war nicht viel größer als Fionas eigenes neues Heim. Es gab eine Küche, durch die hindurch man in eine Stube sehen konnte, in der ein Sofa und ein Tisch vor einem der Fenster standen. Eine weitere niedrige Tür war geschlossen und führte wohl in die Schlafkammer. Es roch nach Tee, Hühnersuppe und Möbelpolitur – ein Geruch, der Fiona sofort beruhigte und ihr das Gefühl gab, schon oft hier gewesen zu sein. Auffällig waren die vielen gestrickten und gehäkelten Decken und Kissen, die in bunten Farben und komplizierten Mustern überall zu bewundern waren. Während Fiona eine weitere Schachtel in den Kühlschrank stellte, lauschte sie Mrs Murrays Stimme.

»Liam ist nicht da, er besucht seinen Sohn in Ennis, aber er kommt morgen wieder, und ich kann ihm das Essen dann rüberbringen.«

Sie öffnete eine der stabilen Pappschachteln, die Leah aus den Tiefen des Lagerraums des Ballinwroe Inn gefischt hatte, und gab einen kleinen Jauchzer von sich.

»Das ist ja wunderbar! Schweinebraten, oder? Und was ist das?«

Sie hatte die Schachtel geöffnet, in die Fiona schweren Herzens ein Stück der Hochzeitstorte gepackt hatte.

»Ist es das, wonach es aussieht?«

Mave Murray sah Fiona mit großen Augen an.

»Ja. Nicht nur das Essen wurde ja nicht gebraucht, auch die Torte …«

Mave schüttelte den Kopf.

»Eine Schande. Wirklich eine Schande. Ich kannte Moira, und ich kann immer noch nicht glauben, was passiert ist.«

Sie stellte die Schachtel in den Kühlschrank und wandte sich an Michael und Fiona.

»Und ich kenne auch die O'Keefes, schließlich haben die so viele Jahre lang gar nicht weit von uns gewohnt. Ich habe sogar die kleine Hannah noch gesehen, wie ihre Mutter sie immer in dem Tuch vor dem Bauch überallhin mitgenommen hat.«

Mave stellte, ohne zu fragen, den Kessel auf den Herd

und drei Teetassen auf den blank gescheuerten Küchentisch.

»Und dann waren sie plötzlich weg. Gerade erst das vierte Kind geboren, ihr kleines Mädchen. Der Arzt hatte ja gesagt, es werde wieder ein Junge. Aber da sieht man, wie sich die Medizin täuschen kann, eh?«

Sie wärmte die Teekanne vor und füllte dann Teeblätter ein. Dann streckte sie sich und griff nach einer Blechdose, die auf einem der Regale stand. Fiona lächelte und setzte sich neben Michael an den Tisch. Tee und Kekse.

»Und kaum kommt Mary mit dem Baby auf dem Arm nach Hause, will sie nur noch weg. Ich denke, John hätte wohl sogar noch einen Kredit von der Bank bekommen, aber seine Frau wollte einfach weg.«

Fiona dachte an die Version der Geschichte, die ihr Mary O'Keefe in der Küche erzählt hatte.

»Ich dachte, Haus und Hof wären zwangsversteigert worden, und deshalb …?«

»Ja, das wäre wohl irgendwann so gekommen. Aber Mary wollte nicht so lange warten, und dann machte Murphy ihnen auch noch ein Angebot, und sie drängte ihren Mann, es anzunehmen Es war noch nicht mal ein gutes Angebot. Keiner hat es verstanden. Aber nachdem Mary O'Keefe damals nach der Geburt ihrer Tochter so lange in der Klinik war … vielleicht hat er es ihr zuliebe gemacht. Ich habe gehört, sie ist in Dublin wieder richtig gesund geworden?«

»Gesund, was fehlte ihr denn?«

»Damals sprach man ja noch nicht so offen über so etwas. Aber es waren wohl die Nerven. Ich weiß noch, dass John O'Keefe eines Nachts bei uns im Garten stand, weil er seine Frau suchte. Sie muss wohl losgelaufen sein, einfach so, und er machte sich riesige Sorgen. Die Nachbarn haben sie dann an der Straße nach Ennis aufgelesen. Sie war wohl die halbe Nacht einfach immer geradeaus gegangen.«

Fiona sah zu Michael, der ebenso erstaunt wirkte wie sie.

»Ich hatte mich so gefreut, als ich gelesen habe, dass ihre Tochter sich mit Collin Murphy verlobt hatte. Also der Vater mag ja ein alter Gauner sein, Geld hin oder her, aber Collins Mutter war ein Engel – und wie es Mary gefreut haben muss, dass ihre Tochter den Sohn ihrer besten Freundin heiraten würde.«

Sie goss Tee in die Becher und setzte sich nun auch an den Tisch.

»Mary und die Frau von Fergus Murphy waren befreundet?«

»O ja! Liz Murphy – oder Liz Browne, wie sie vor der Hochzeit mit Fergus hieß – war Marys Jugendfreundin. Die beiden waren wie Schwestern. Bis Liz dann irgendwann mit Fergus in den Süden zog. Aber ich weiß noch, wie sie einmal hier zu Besuch war, da muss Mary gerade mit Hannah schwanger gewesen sein. Zwei Frauen, zwei dicke Bäuche. Ich habe vor einigen Tagen noch zu Liam gesagt, dass nicht viele Brautleute so wie Hannah und Collin von sich behaupten können, sich eigentlich schon vor der Geburt gekannt zu haben.«

Fiona nippte gedankenverloren an ihrem Tee, während Michael sich weiter mit Mave unterhielt. Sie dachte an Aidan. Er hatte gesagt, dass jede Unstimmigkeit, jede Kleinigkeit, die nicht passte oder ungewöhnlich war, zum Mörder führen könnte. In ihrem Kopf entwickelte sich langsam ein Muster – aber die letzten Steinchen fehlten noch.

27

Sie hatten sich verabschiedet und waren danach noch drei weitere Höfe angefahren. Nicht alle Menschen waren so redselig wie Mave, und sie und Michael waren gut vorangekommen. Der Kofferraum seines Autos war nun leer, und sie befanden sich auf dem Rückweg nach Ballinwroe.

Fiona schaute nachdenklich aus dem Fenster, dann zu Michael.

»Hast du gehört, was Mave gesagt hat? Dass Collin und Hannah sich im Grunde schon vor der Geburt kannten? Dass Mary O'Keefe und Liz Murphy so enge Freundinnen waren? Das wusste ich nicht.«

Michael schüttelte den Kopf.

»Nein, ich auch nicht. Ich habe mir für meine Predigt bei der Hochzeit haarklein von Hannah und Collin erzählen lassen, wie sie sich kennengelernt haben. Davon, dass ihre Mütter so eng befreundet waren, war nie die Rede.«

Fiona dachte nach, und ganz langsam reifte eine Idee in ihrem Kopf heran.

»Halt an!«

Fiona hielt sich am Türgriff fest, als Michael den Wagen abbremste und in eine kleine Ausbuchtung am Rande des Weges steuerte. Er drehte den Schlüssel im Zündschloss, und der Motor erstarb.

»Was ist los?«

»Ich glaube, ich weiß, welches Geheimnis Moira kannte.«

»Was? Was für ein Geheimnis?«

»Das Geheimnis, weswegen sie vielleicht ermordet wurde. Das, nach dem Aidan gesucht hat, bevor er von dem Fall abgezogen wurde.«

Sie merkte, dass Michael sie immer noch verwirrt anstarrte, und begann von vorn.

»Mave hat doch gesagt, dass sich Collin und Hannah schon kannten, bevor sie überhaupt auf der Welt waren. Dass Mary O'Keefe und Liz Murphy zur selben Zeit schwanger waren.«

»Collin und Hannah haben beide im November Geburtstag, nur drei Tage liegen dazwischen. Die haben Witze darüber gemacht, dass sie drei Tage älter ist als er.« Michael schloss seine Augen und murmelte etwas vor sich hin.

»Was hast du gerade gesagt? Dir ist doch etwas eingefallen!«

»Lukas erzählt, wie Maria nach Judäa reist und dort Elisabet besucht. Maria war schwanger mit Jesus, Elisabet mit Johannes dem Täufer. Die Kinder erkannten einander schon vor der Geburt.«

Fiona musste kurz überlegen, wovon Michael plötzlich sprach, dann verstand sie es.

»Ja, ich kenne die Geschichte.«

»Mary O'Keefe hatte die Stelle im Krankenhaus aufgeschlagen, in ihrer Bibel. Die Seiten waren abgegriffen, so oft muss sie sie gelesen haben. Und ein Foto steckte in der Bibel. Jetzt weiß ich, dass es Mary O'Keefe und Collins Mutter zeigt. Gestern dachte ich nur, dass mich das Bild an jemanden erinnert, es muss Kelly gewesen sein.«

Fiona runzelte die Stirn. Also stimmte es, die beiden Frauen kannten sich. Sie sah Michael an.

»Aber warum wissen Hannah und Collin das nicht? Das ist doch eine schöne Geschichte. Warum ist es ein Geheimnis? Ich …«

Sie brach ab. Plötzlich fiel ein Stein nach dem anderen an den richtigen Platz.

»Kelly und Hannah – sie sehen sich ähnlich, findest du nicht auch? Auch wenn sie vom Wesen so verschieden sind.«

Sie bemerkte, wie Michael ihrer Idee folgte.

»Du meinst, Hannah ist auch die Tochter von Fergus Murphy? Dass Mary O'Keefe ihren Mann betrogen hat?«

Er riss die Augen auf.

»Nein, das hätte selbst Murphy nicht verschwiegen, als die beiden sich kennenlernten. Dann wären Hannah und Collin ja Geschwister. Halbgeschwister.«

Fiona schüttelte den Kopf. Ihr wurde plötzlich so einiges klar.

»Da muss noch mehr sein.«

Sie versuchte, sich alles genau vorzustellen – und war sich dann sicher, dass sie recht haben musste.

»Als Collin sich gestern auf meinem Hof mit den O'Keefe-Brüdern angeschrien hat, da hatte ich einen Gedanken. Ich dachte: Die vier könnten Brüder sein, so wie sie da voreinander stehen und sich mit ihren dunklen Haaren und tiefen Stimmen anbrüllen.«

»Aber dann … wären die Kinder nach der Geburt vertauscht worden?«

Michael sah sie ungläubig an.

»Das ist doch absurd …«

Fiona unterbrach ihn.

»Nein, nicht vertauscht. Absichtlich getauscht. Die beiden Mütter müssen es ja gewusst haben. Ein Junge und ein Mädchen.«

Sie sah, dass Michael immer noch skeptisch war, sich sein Gesichtsausdruck dann aber allmählich veränderte.

»Weißt du, du könntest recht haben. Ich erinnere mich, dass es so etwas früher öfters gegeben hat.«

»Getauschte Kinder?«

Jetzt war es an Fiona, ihn skeptisch anzusehen.

»Ja, und zwar auf großen Bauernhöfen und Landgütern. Um das Erbe zu sichern. Wenn es auf einem Hof nur Töchter gab, dann sollen manchmal Kinder ausgetauscht worden sein. Mädchen gegen Jungen. So war das Erbe gesichert – und auch die Versorgung der Eltern auf dem eigenen Hof im Alter. Der Junge konnte als eigener Sohn aufgezogen werden.«

Fiona wurde blass.

»Glaubst du, das steckt dahinter? Aber das ist doch verrückt! Wir leben im einundzwanzigsten Jahrhundert. Es ist völlig egal, ob dein Erbe ein Mädchen oder ein Junge ist.«

»Aber nicht für Fergus Murphy. Nicht für ihn. Moira

hat mir erzählt, dass er der festen Überzeugung ist, dass Frauen Menschen zweiter Klasse sind. Wenn er einen männlichen Erben wollte …«

»Und dann befiehlt er seiner Frau, ihr Kind wegzugeben und ein anderes stattdessen anzunehmen? Und Mary O'Keefe macht dabei einfach mit?«

»Vielleicht hat er sie bedroht?«

Michael schüttelte den Kopf.

»Nein, denn sie …«

Er brach ab, woraufhin Fiona ihn misstrauisch musterte.

»Du weißt noch etwas, oder? Was?«

Sie sah ihn fragend an, dann fiel der Groschen. Schon in Bezug auf Aidan hatte er diesen Gesichtsausdruck aufgesetzt. Sein Priestergesicht. Das, was er wusste, musste er in der Beichte erfahren haben.

»Ah. Nein, schon gut. Es tut mir leid.«

Er nickte, und sie lehnte sich in ihrem Sitz zurück und ließ den Blick über die Landschaft gleiten. Ein so schönes Land, ein so grünes Land. Und Hügel, die immer und immer wieder von Leid heimgesucht wurden. Von Hunger und Krieg und so vielen und oft unsichtbaren Tragödien.

Fiona wandte sich wieder Michael zu.

»Wenn Hannah und Collin als Kinder ausgetauscht worden sind, dann hatte Fergus Murphy die Finger im Spiel. Moira mochte ihn nicht, und Kelly hat erzählt, wie sehr er sie als Erbin ablehnte. Und er hatte dafür gesorgt, dass die O'Keefes nach Dublin verschwanden. Mit seiner eigenen Tochter anstelle ihres vierten Sohnes. Und Moira soll das gewusst haben? Sie hatte sich für eine Hochzeit der beiden ausgesprochen. Und hatte sie nicht sogar gesagt, die Hochzeit der beiden wäre vom Schicksal in die Wege geleitet worden? Wollte sie es Hannah und Collin erzählen? Hat Murphy das mitbekommen und sie daher getötet?«

Michael hatte sichtlich Mühe, ihr zu folgen, aber nach und nach schien auch er zu sehen, was sie meinte.

»Was, wenn Fergus Moira getötet hat, um sie zum Schweigen zu bringen? Wenn er alle tötet, die von der Sache wissen?«

Michael sah sie an, startete dann den Motor, der laut aufheulte, und fuhr los.

»Verdammt!«

28

»Michael, wohin fahren wir?«

Fiona klammerte sich am Türgriff fest, und er konnte den Schreck in ihrer Stimme hören.

»Zum Hotel. Wir müssen Fergus Murphy aufhalten, bevor er …«

Er biss sich auf die Lippe und konzentrierte sich auf die Strecke. Wenn Fiona recht hatte, dann wäre ein weiteres Leben in Gefahr. Er konnte ihr nicht erzählen, was Mrs O'Keefe ihm in der Beichte gesagt oder eben nicht gesagt hatte. Aber er wusste jetzt, was sie seit Jahren so sehr belastete, dass keine Beichte der Welt sie von ihrer Schuld erlösen konnte. Sie hatte zugelassen, aus welchen Gründen auch immer, dass Murphy ihren Sohn anstatt seiner Tochter annahm, und Hannah als ihre eigene Tochter aufgezogen, ohne ihrem Mann je die Wahrheit zu sagen. Denn Michael konnte nicht glauben, dass John O'Keefe eine Ahnung davon hatte, dass sein kleines Mädchen eigentlich die Tochter von Fergus Murphy war.

Er fuhr um die nächste Kurve, nur um einen Moment später mit einem Schrei das Steuer herumzureißen und den Wagen gegen eine der Steinmauern zu lenken. Michael wurde wie von einer riesigen Hand in den Sitz gedrückt und merkte, wie die Luft aus seinen Lungen gepresst wurde. Es krachte, Metall schepperte, und mit einem lauten Knall blieb der Wagen stehen. Dann Stille.

Michael kämpfte gegen die weiße Masse an, die sein

Gesicht bedeckte. Kurz bekam er Panik, bis sich sein Kopf einschaltete und ihm klar wurde, dass sich die Airbags geöffnet hatten. Er schob den weißen Stoff zur Seite und griff nach seinem Anschnallgurt. Während er mit dem Verschluss kämpfte, stieß er ein schnelles Dankgebet aus. Gott sei Dank hatte er sich angeschnallt, Gott sei Dank hatte er vor der Kurve abgebremst, Gott sei …

»Fiona!«

Hektisch blickte er auf, griff über den Airbag hinweg zu ihr hinüber und sah, wie auch sie benommen den Airbag zur Seite schob. Er atmete auf. Seine Finger fanden endlich den Knopf der Anschnallvorrichtung, und er löste seinen Gurt.

»Wir sollten raus. Bist du verletzt?«

»Nein, ich glaube nicht.«

Ihre Stimme war rau, aber deutlich. Gut.

Er öffnete die Fahrertür und ließ sich vorsichtig aus dem Auto gleiten. Seine Beine waren zwar steif und schmerzten, trugen ihn aber. Er sollte um das Auto gehen und Fiona helfen. Er machte einen vorsichtigen Schritt vorwärts, dann blieb er plötzlich wie erstarrt stehen, als ihm einfiel, weswegen er gebremst hatte.

Michael starrte in das Gesicht von Collin Murphy.

»Hallo.«

Michaels Ohren dröhnten, und sein Gesicht brannte da, wo der Airbag es getroffen hatte, wie Feuer.

»Warum steht dein Wagen mitten auf der Straße?«

Eine dumme Frage, eine wirklich dumme Frage. Er sollte Collin besser fragen, warum er den Lauf eines Gewehrs auf ihn gerichtet hatte. Aber sein Kopf wollte ihm nicht gehorchen.

Er lehnte sich an das Auto, musste sich konzentrieren. Fiona … Fiona hatte neben ihm gesessen.

Wieder blickte er auf Collin, dessen Gesicht über dem Gewehr zu einem Lächeln verzogen war.

»Pater Michael.«

»Collin.«

Er sah eine schnelle Bewegung, dann raste der Kolben des Gewehrs auf seinen Kopf zu.

☘

Fiona suchte nach dem Verschluss ihres Anschnallgurtes. Ihr Brustkorb schmerzte, endlich löste sich der Gurt. Sie drückte die weiße Masse vor ihrem Kopf nach unten und blickte aus dem Fenster. Michael hatte den Wagen gegen eine der Steinmauern gefahren, und die Airbags hatten sich geöffnet. Zum Glück waren sie angeschnallt gewesen.

Fiona suchte den Türgriff und rutschte aus dem Auto. Es tat weh, verdammt weh. Sie tastete ihre Brust ab. Eine Prellung? Oder waren die Rippen gebrochen? Sie unterdrückte einen Aufschrei und stützte sich am Auto ab.

Wo war Michael? Das Telefon!

Vorsichtig beugte sie sich ins Auto und suchte nach ihrer Tasche, als sie plötzlich Stimmen hörte. Michaels – und noch eine weitere?

Sie richtete sich schnell auf, zu schnell, und ihr wurde

schwarz vor Augen. Langsam holte sie Luft. Sie durfte nicht ohnmächtig werden. Michael! Sie musste Hilfe rufen. Ihr Blick wurde klarer. Vor ihr stand jemand.

»Fiona.«

Collin? Was tat er denn plötzlich hier? Ihr Blick wanderte von seinem Gesicht zu dem Gewehr, das er auf sie richtete.

»Lass bitte das Telefon fallen.«

Sie sah auf das Mobiltelefon in ihrer Hand und legte es zurück auf den Sitz. Ihr Kopf dröhnte, ihr Brustkorb schmerzte bei jedem Atemzug.

»Collin, was …?«

»Weg vom Auto. Bitte.«

Fiona schüttelte den Kopf und stützte sich schwer ab. Was passierte hier gerade?

»Ich kann nicht, meine Rippen …«

Ein kurzes Flackern in seinen Augen, sie spürte, dass der junge Mann kurz davor war, die Nerven zu verlieren.

Was war mit Michael geschehen?

»Wo ist Pater Moran?«

»Er ruht sich aus.«

Collin lächelte, und eine erste Welle von Angst überrollte Fiona und ließ ihren Blick verschwimmen.

»Was willst du von mir?«

Collin ließ den Kopf sinken, richtete sich dann aber wieder auf. Er sah sie kopfschüttelnd an.

»Es tut mir leid, ich wollte ihn allein erwischen.«

»Erwischen?«

Eine zweite Welle von Angst und Schmerzen schlug über ihr zusammen, und sie blinzelte.

»Warum wolltest du ihn erwischen?«

Reden, sie mussten weiterreden. Solange er redete, würde er nichts tun. Seine Fingerknöchel waren weiß, so fest umgriff er das Gewehr.

»Weil er bei ihr war, in der Klinik. Und sie hat ihm alles erzählt. Ich konnte es in seinen Augen lesen. Wie er mich ansah! Er wusste es, und keiner darf es erfahren.«

»Was erfahren? Collin – was ist hier los?«

Fiona versuchte behutsam, sich aufzurichten. Sie würde laufen müssen. Weg von ihm. Der stechende Schmerz in ihrer Brust nahm ihr fast den Atem. Sie würde es nicht schaffen.

»Collin! Ich will wissen, was los ist, bitte ...«

Sie sah, dass er zögerte. Hoffte, dass er reden würde. Fieberhaft suchte sie nach einer Möglichkeit, sich zu verteidigen, und unterdrückte das Schluchzen, das in ihrer Kehle aufstieg.

»Was hat Hannahs Mutter Michael erzählt?«

»Du weißt es nicht?«

Sie sah, wie er das Gewehr etwas sinken ließ, dann aber wieder hob.

»Das glaube ich dir nicht. Aber es ist egal. Du warst mit im Auto, also wirst du leider ebenso wie der feine Pater Moran bei einem tragischen Unfall ums Leben kommen.«

Er trat einen Schritt auf sie zu, und sie wusste, dass es zu spät war. Er hob das Gewehr und ...

»Nein!«

Eine schnelle Bewegung, ein Schrei – und Collin brach vor ihr zusammen. Fiona sah einen Schatten, der vor ihr aufragte, und riss die Augen auf. Dann … Dunkelheit.

☘

Fiona saß auf dem Boden, den Rücken an die Seite des Autos gelehnt, und ließ zu, dass Aidan ihren Brustkorb abtastete.

Neben ihr saß Michael und drückte ein Stück Stoff gegen seinen Kopf, wo aus einer Wunde immer noch Blut herauslief.

»Du musst fester drücken.«

Aidan. Sie konnte es immer noch nicht glauben.

»Ich dachte, du bist in Dublin.«

»Nein, ich bin nur bis Ennis gekommen. Ich wollte den Fall nicht so einfach abgeben.«

»Warum?«

Aus irgendeinem Grund war das die Frage, die ihr gerade am wichtigsten erschien.

»Weil es das Richtige war, nicht einfach so zu gehen. Ganz einfach.«

Sie hörte, wie Michael neben ihr leise lachte, nur um sofort darauf zu stöhnen.

»Der Krankenwagen und die Kollegen aus Ennis sind gleich da.«

»Wie hast du uns gefunden?«

»Leah wusste ungefähr, wo ihr stecken musstet, der Rest war … Glück.«

Fiona schloss die Augen.

»Collin?«

Aidan wies mit dem Kinn zur Seite.

»Liegt dort hinten.«

Fiona sah eine Gestalt, die mit auf dem Rücken fixierten Händen auf dem Boden lag.

»Lebt er?«

Sie hörte Aidan leise lachen.

»Klar. Ich hab ihm kein Haar gekrümmt. Was nicht leicht war, als ich Michael blutend am Boden sah und dich, wie er mit dem Gewehr auf dich losgehen wollte. Er hat beschlossen, nichts mehr zu sagen, bis er einen Anwalt hat.«

»Du hast uns das Leben gerettet.«

»Sieht so aus.«

»Gute Arbeit, Inspector.«

Und als sie ihn wieder lachen hörte, wusste sie, das alles gut werden würde. Alles.

29

Aidan saß mit Fiona und Michael in der kleinen Kirche Ballinwroes und betrachtete nachdenklich das Wandbild, das der Pater in so vielen Stunden Arbeit Schritt für Schritt freilegte. Die Farben der Gewänder leuchteten im letzten Licht des Tages warm und weich.

Er sah sich um. Die Kirchenbänke waren an den Seiten noch mit breiten weißen Bändern geschmückt, die die Braut für die Hochzeit ausgesucht hatte. Auf dem Altar mit seinem schlichten Holzkreuz stand eine Vase voller verwelkter Wiesenblumen und wartete darauf, vor dem nächsten Gottesdienst gegen neues, frisches Grün ausgetauscht zu werden. Vor der Marienstatue in ihrer kleinen Nische leuchteten wie immer einige Teelichter, und jemand hatte die Vase zu ihren auf einer stilisierten Mondsichel stehenden Füßen mit Ligusterzweigen geschmückt. Er fragte sich, ob die Zweige vielleicht sogar mit Absicht gewählt worden waren, in Erinnerung an Moira.

Aidans Tochter Ella bestand in jeder Kirche darauf, eine Kerze anzuzünden, aber verriet ihm nie, an wen sie dabei dachte. Er selbst zündete dann auch eine Kerze an und hörte jedes Mal kurz das Lachen seiner Mutter, das er so vermisste. Sie hatte ein umwerfendes Lachen gehabt, ein lautes, ungehemmtes Lachen – sogar noch gegen Ende ihres Lebens, als die Krankheit sie schon ausgezehrt hatte. Sie hatten damals Tage gemeinsam auf dem großen Sofa verbracht und alte amerikanische Schwarz-Weiß-Filme geschaut.

Er sah auf das Wandgemälde und fragte sich, aus welcher Ecke seiner Erinnerungen gerade die Bilder hervorgekommen waren und ob Fiona und Michael neben ihm ebenfalls ihren Erinnerungen nachhingen.

Er sah sich um. Sie waren allein, und er wollte auch nicht, dass etwas von dem, was er ihnen gleich erzählte, außerhalb der dicken Mauern bekannt wurde.

»Ich bin nie zurück nach Dublin gefahren. Ich wollte, und aus vielen Gründen hätte ich dem Befehl meiner Vorgesetzten sofort folgen und mich, ohne umzudrehen, in den Wagen setzen sollen. Aber ich hatte kein gutes Gefühl dabei. Es war nicht richtig.«

Er überlegte, wie weit er gehen sollte, und beschloss dann, lieber zu wenig als zu viel zu erklären. Michael wusste ohnehin, worum es ging, und Fiona – Fiona sah ihn mit ihren schönen und ruhigen Augen an und lächelte. Sie vertraute ihm, trotz allem, und er wusste, was für ein Geschenk das war.

»Ich konnte nicht Moiras Ermordung einfach so stehenlassen, auch wenn das, warum ich …«

Er warf einen Seitenblick zu Fiona und brach ab.

»Egal. Ich kann es nicht erklären. Aber ich hatte das Gefühl, dass ich es Moira schuldig bin, noch etwas zu bleiben. Daher blieb ich in Ennis und sah noch mal alles durch, was Scott und ich zu dem Fall gesammelt hatten. Ich wühlte mich durch die Vorgeschichten, las die Aussagen durch und suchte nach einem Hinweis darauf, warum gerade Moira Opfer einer solchen Tat wurde. Ich kam nicht weiter – bis mich dann Grady O'Keefe anrief und mir sagte, seine Mutter würde wieder sprechen und wolle eine Aussage machen. Da ich vor Ort war, setzte ich mich ins Auto und fuhr zu ihr.«

Er erinnerte sich, wie er über die Krankenhausflure gegangen war, um sie zu sehen. An Grady O'Keefe, der ihn begrüßte, und dann an Mary O'Keefe selbst, die zitternd und blass in ihrem Bett saß und ihm stockend alles erzählte. Wie er danach versucht hatte, Collin zu finden. Vergeblich. Wie er dann versuchte, Pater Michael oder Fiona zu erreichen und sie zu warnen. Und wie er schließlich, nachdem er mit Leah telefoniert hatte, über den Flur gerannt war, um so schnell wie möglich selbst nach Ballinwroe zu fahren. Fast wäre er zu spät gekommen, fast hätte er das, was ihm so wichtig geworden war, verloren.

»In der Nacht, als Moira starb, hat Mary doch etwas gehört. Stimmen, die aus dem Garten kamen. Moiras und die eines Mannes. Sie konnte nicht sagen, wessen Stimme es gewesen war, dafür war sie zu leise, aber sie kam ihr vertraut vor. Sie beschloss instinktiv, nichts davon zu erzählen, sie sagte mir, sie hätte vielleicht schon etwas geahnt, aber es nicht wahrhaben wollen. Und so blendete sie es aus. Verschloss es irgendwo in ihrem Kopf, so dass sie am nächsten Tag, als wir sie befragten, selbst glaubte, nichts gehört zu haben.«

Das Licht fiel durch eines der farbigen Kirchenfenster und malte ein buntes Muster über die Wände der Kirche.

Aidan hatte die Aussage von Mary O'Keefe gehört und sich vorgestellt, wie es wäre, etwas einfach so auszuschließen. Verschwinden zu lassen. Und dann fragte er sich, woher er wissen wollte, ob er nicht selbst schon längst so etwas gemacht hatte? Woher überhaupt irgendjemand wissen sollte, ob es Teile in der eigenen Erinnerung gab, die die Psyche zu verstecken versuchte?

Die Muster auf der Wand veränderten sich und wurden mit der tiefer sinkenden Sonne schwächer. Aidan sprach leise weiter.

»Erst als sie Collin dann zwei Tage später vor ihrem offenen Fenster nach Hannah rufen hörte, wurde ihr klar, wen sie da eigentlich gehört hatte. Und das muss in ihrem Kopf alles völlig durcheinandergebracht haben. Wie ein Kurzschluss. Oder zwei völlig gegenteilige Befehle zur selben Zeit. Und da es um Collin ging …«

Er brach ab und sah die beiden an.

»Wenn ich es richtig verstanden habe, wisst ihr mittlerweile, warum das für Mary besonders schlimm war? Welche Verbindung sie zu Collin hat?«

Fiona nickte.

»Ja, aber auch erst, nachdem uns eine ehemalige Nachbarin der Murphys einige Dinge erzählt hat. Da fiel bei mir der Groschen, und ich reimte mir die ganze Geschichte irgendwie zusammen. Collin ist Marys Sohn, oder? Und sie und Liz Murphy haben damals ihre Kinder getauscht?«

Aidan bestätigte das.

»Aber warum? War das Fergus' Idee, weil er einen männlichen Erben wollte?«

Aidan sah erstaunt auf.

»Nein. Fergus Murphy wusste bis vor wenigen Stunden gar nichts davon. Ich musste es ihm erzählen, er drohte mir wegen der Verhaftung seines Sohnes mit allem, was ihm einfiel. Und als ich das Geheimnis aussprach, wollte er es nicht wahrhaben. Wobei es diesen kurzen Moment in seinen Augen gab – ich glaube, er hat es vielleicht vermutet? Ich weiß es nicht.«

Er sah Michael an, dann Fiona. Sie hatten beide blaue Flecken und deutliche Spuren des Unfalls im Gesicht. Michaels Kopfwunde war genäht worden und Fionas Brustkorb fest umwickelt. Sie hatten es verdient, die ganze Geschichte zu hören.

»Das ist nur für eure Ohren bestimmt. Und wenn Mary O'Keefe es nicht noch mal irgendwo zu Protokoll gibt, taucht es auch nirgendwo in den Akten auf. Liz Murphy hatte nach der Geburt von Kelly eine Fehlgeburt nach der anderen. Kein Arzt konnte helfen, aber Fergus Murphy drängte sie immer und immer wieder, schwanger zu werden. Mary erzählte mir unter Tränen, dass Liz keine Möglichkeit sah, sich zu wehren. Er wollte einen Erben, einen männlichen Erben, und das Leid seiner Frau war ihm dabei egal. Und als Liz dann endlich doch die ersten Monate der nächsten Schwangerschaft überstand, war sie am Boden zerstört, als die Ärzte ihr sagten, dass es wieder ein Mädchen war. Sie wusste, was das bedeutete. Sie konnte nicht mehr und wollte nicht mehr – und Mary sprang ihr bei. Auch sie war nämlich schwanger, wieder ein Junge. Zusammen mit Moira entwickelten die Frauen den Plan, die Kinder zu tauschen.«

Aidan hatte Mary O'Keefe in ihrem Krankenbett fassungslos zugehört. Es klang nach einem aberwitzigen Plan, aber sie hatten ihn durchgezogen.

»Und so machten sie es auch. Statt in einer Klinik brachten sie die Kinder mithilfe von Moira und einer Hebamme in Moiras Haus zur Welt. Die Väter hielten sie die ersten Tage unter dem Vorwand einer Infektion von sich fern, und dann fuhr jede Frau mit dem Kind ihrer besten Freundin nach Hause. Den Rest kennt ihr. Mary drängte John, den Hof zu verkaufen, und Liz ihren Mann wiederum, den Murphys ein Angebot zu machen. Die beiden Freundinnen beschlossen, einander nie wiederzusehen, damit niemand es je herausfinden würde.«

»Das ist doch verrückt! Warum ist Liz denn nicht einfach gegangen?«

Als Fiona Aidans Gesichtsausdruck sah, zuckte sie zusammen.

»So schlimm? Das war dumm von mir. Es ist wohl für viele Frauen nicht so leicht, einfach zu gehen, oder?«

Aidan nickte. Er hatte sich die Frage als junger Polizist bei einigen seiner ersten Notrufe wegen häuslicher Gewalt auch gestellt. Ein älterer Kollege hatte ihn zur Seite genommen und ihm in eindringlichen Worten deutlich gemacht, wie wenig er darüber wusste, was Tausende Frauen im Land Tag für Tag erlebten.

»Laut Mary wurde die Situation für Liz deutlich besser, weil Fergus nun hatte, was er wollte, und sie in Ruhe ließ.

Nur wurde sie dann krank und starb, als Collin noch ein Kleinkind war.«

Er sah zu dem Jesuskind auf, das auf der Schulter des Riesen saß und sich an dessen dicken Haaren festhielt. Wie war es Collin bei seinem Vater ergangen? Wie hatte Mary mit der Ungewissheit leben können, dass niemand mehr da war, der auf das Kind aufpasste?

Fiona unterbrach die Stille.

»Was meint ihr, wie es Mary und Moira ging, als Hannah und Collin ein Paar wurden? Es sprach ja nichts dagegen, aber die plötzliche Nähe der Familien, die Ähnlichkeiten, wo keine Ähnlichkeiten sein durften ... Und Moira wollte es ihnen sagen, oder?«

»Ja, das wollte sie wohl. In der Nacht vor der Hochzeit war sie im Garten, und dort traf Collin sie. Er war angetrunken und wollte Hannah heimlich doch noch vor der Hochzeit sehen und suchte nach einer Leiter, um an ihr Fenster zu kommen. Hannah hätte ihn wahrscheinlich lachend zurückgeschickt, doch im Garten stieß er auf Moira. Was dann genau passierte, was sie zu ihm sagte, wir wissen es nicht. Collin schweigt immer noch. Aber wir haben einen Durchsuchungsbeschluss für sein Auto und sein Hotelzimmer bekommen, und die Spurensicherung nimmt gerade alles auseinander. Blut lässt sich nicht so einfach wegwaschen – wenn er nach seiner Tat in seinem Auto gesessen hat oder ins Hotelzimmer zurückgegangen ist, haben wir ihn. Die Aussage von Mary wird wahrscheinlich vor Gericht schnell auseinandergenommen werden. Und ich würde ihr das gerne ersparen.«

»Und der Angriff auf uns?«

Fiona griff unbewusst mit ihrer Hand an ihre Wange, auf der die Haut vom Aufprall des Airbags leichte Verbrennungen davongetragen hatte.

»War eigentlich ein Angriff auf Michael, glauben wir zumindest.«

Michael wirkte irritiert.

»Warum in aller Welt sollte …«

Aber er brach ab, und Aidan konnte sehen, wie er eine Idee davon bekam, was in Collins Kopf vorgegangen war.

»Er hat mich vor dem Krankenhaus getroffen, ich kam gerade von Mary O'Keefe. Er wollte wissen, was sie mir erzählt hat. Ich hatte damals schon ein komisches Gefühl. Verdammt! Ich wollte ihn einfach nur mit seiner Neugier zurückweisen, und er muss gedacht haben, Mary hätte mir alles anvertraut.«

Aidan merkte, wie die letzten Puzzleteile zusammenkamen.

»Ich rief nach Marys Aussage im Hotel an und fragte Leah, ob sie Collin gesehen habe. Und die erzählte mir dann, er sei schon abgereist, habe aber vorher wissen wollen, wo er Pater Moran finden könne. Als ich das hörte, bekam ich Angst, und beeilte mich, selbst nach Ballinwroe zu kommen. Ich fuhr die Strecke ab, die ihr laut Leah und den Gallaghers am wahrscheinlichsten genommen hättet – und kam gerade noch rechtzeitig.«

Michael fluchte leise und sah dann entschuldigend zum Altar.

»Collin muss meinen Wagen gesehen haben und hat sein Auto direkt hinter einer schwer einsehbaren Kurve quer auf die Straße gestellt. Er wollte einen Unfall provozieren. Was ihm ja auch gelungen ist.«

»Die Kollegen haben im Kofferraum seines Autos drei Kanister mit Benzin gefunden.«

»Er wollte es wie einen Unfall aussehen lassen? Und wenn ich seinen Wagen gerammt hätte? … Dann wäre er der einzige Überlebende gewesen, richtig?«

Aidan nickte.

»Zumindest ist es das, was wir glauben. Beweisen können wir nur den schräg gestellten Wagen, den Angriff auf Michael mit dem Gewehr und die Bedrohung von Fiona.«

Sie schwiegen. Das Tageslicht war nun fast völlig verschwunden, und die Dunkelheit kroch in der Kirche unter den Bänken hervor. Nur die Teelichter vor der Madonna flackerten noch sanft.

»Lasst uns gehen, ja?«

Michael stand als Erster auf, trat zum Altar, kniete nieder und sprach ein kurzes Gebet. Fiona und Aidan warteten auf ihn an der Kirchentür.

»Und jetzt?«

»Jetzt wird das Gericht sich damit befassen müssen.«

Sie traten in die Dämmerung hinaus, und Aidan sah auf seine Uhr.

»Ich muss zurück, und ich sollte mich besser nicht mehr im Pub blicken lassen.«

Er drehte sich zu Michael um.

»Ich weiß nicht, wie ich dir für das, was du am Fluss zu mir gesagt hast, danken soll.«

Michael lächelte leise.

»Am besten, indem du bald wiederkommst und mir eine weitere Geschichte am Fluss erzählst. Aber dann eine mit einem Happy End, okay?«

Aidan nickte und sah dem jungen Pater nach, der mit langsamen Schritten über den kleinen Friedhof in Richtung Pfarrhaus ging.

30

Fiona beobachtete schweigend, wie sich Aidan und Michael voneinander verabschiedeten. Die Vertrautheit zwischen den beiden auf den ersten Blick so unterschiedlichen Männern überraschte und berührte sie. Es schien, als hätte Aidan in Ballinwroe auf vielerlei Art und Weise Nähe gefunden. Sie stellte sich neben ihn und blickte über das Dorf.

»Ich versuche immer noch, das Ganze zu verstehen. War es eine mutige Entscheidung von den beiden Frauen damals? Oder eine grausame? Liz Murphy hat ihr eigenes Leid gelindert, ihren Mann zufriedengestellt; Mary O'Keefe konnte ihrer Freundin helfen und bekam dafür das kleine Mädchen, dem sie so viel Liebe schenkte. Aber was war mit Collin? Was war mit dem kleinen Baby, das in eine Familie mit einem Vater gegeben wurde, der anscheinend keine Liebe zu geben hatte?«

Sie sah Aidan an, der den Kopf schüttelte.

»Es gibt Geschichten, die nicht zu verstehen sind, solange man nicht selbst in ihnen gefangen ist.«

Fiona dachte an ihr eigenes Baby, daran, dass sie bis auf Orlas Einschätzung keine Garantie dafür gehabt hatte, ob die Familie, in die sie ihr kleines Mädchen gab, wirklich gut war. Aber Mary O'Keefe hatte ja gewusst, wohin sie ihren Sohn geben würde. Wie mochte sich Collin gefühlt haben, als er von Moira die Wahrheit erfuhr? Der Duft von Ligusterhecken lag in der Luft. Hatte Collin Moira aus

Wut getötet, weil ihm plötzlich klar wurde, dass er auch als einer der O'Keefe-Brüder hätte groß werden können? Oder war es die Angst gewesen, all das zu verlieren, was für ihn mit dem Namen Murphy verbunden war? Wusste er es überhaupt selbst? Wieder wanderten Fionas Gedanken zu ihrer eigenen Tochter. Sollte jemals der Moment kommen, in dem sie vor ihr stand – würde Fiona in Augen voller Wut oder voller Verständnis sehen? Ihr wurde kalt.

»Weißt du, dass Kelly oben bei mir auf Greenhill ist und sich um Hannah kümmert? Ich kann immer noch nicht glauben, dass ich nicht gesehen habe, wie ähnlich sich die beiden sind. Sie werden das schaffen, oder?«

»Ja, irgendwie und irgendwann.«

In den Häusern um sie herum gingen nach und nach die ersten Lichter an, Fiona konnte das Flimmern einiger Fernseher erkennen. Aus dem Pub klang leise Musik, und das Gelächter einiger Gäste drang durch die geöffneten Fenster über die Straßen bis hin zur kleinen Kirche. Der Mai ging seinem Ende entgegen, und der Sommer stand vor der Tür. Greenhill war ausgebucht, und Fiona würde die nächsten Monate viel zu tun haben. Touristen aus Europa und Amerika würden bei ihr unterkommen, sich das Dorf, die Klippen und die Burren ansehen, dunkles Bier trinken und der Musik im Pub lauschen. Sie würden wieder nach Hause zurückkehren und ihren Freunden erzählen, wie schön und friedlich die Welt im Westen Irlands noch sei.

»Wir werden nie wissen, was hinter all diesen Fenstern passiert, oder?«

Aidans Stimme war rau und leise. Er schien ihre Gedanken gelesen zu haben, und sie nickte.

»Werden wir nicht. Aber vielleicht können wir dafür sorgen, dass es hinter unseren eigenen Fenstern warm und sicher ist.«

Aidan holte tief Luft, und sie wusste, dass die Zeit für den Abschied gekommen war.

»Ich muss zurück nach Dublin.«

Fiona biss sich auf die Zunge und hielt die tausend Fragen zurück, die sie ihm stellen wollte. Es war nicht an ihr, ihn aufzuhalten. Jetzt hatte er sich zu ihr umgedreht und sah sie aus seinen dunklen Augen an.

»Gib mir einige Monate. Ich kann, ich werde …«

Er brach ab und beugte sich vor, um ihr kurz mit der Hand über die Lippe zu streichen. Sie griff nach seinen Fingern und hielt sie fest. Es gab so viel, was zwischen ihnen nicht gesagt worden war. Seufzend ließ sie seine Hand los.

»Pass auf dich auf.«

Er nickte und drehte sich um. Sie beobachtete, wie er langsam die schmale Kirchstraße entlangging, in die Hauptstraße einbog und den kleinen Hügel zum Ballinwroe Inn hinauflief. Das Rauschen des Flusses begleitete jeden seiner Schritte. Sie hoffte, er würde wiederkommen.

Slán leat! Go n-éirí do bhóthar leat!

LESEPROBE

Cornwall, September 1971

»Das ist nicht lustig!«

Terrys Stimme zitterte, und er schob sich den Gurt seiner großen Sporttasche wieder höher auf die Schulter.

»Wo seid ihr? Verdammt nochmal – ich hole mir hier noch den Tod. Es ist eiskalt hier drinnen.«

Er meinte, aus der Ferne ein leises Lachen zu hören. Wahrscheinlich waren die anderen schon längst aus der Höhle raus. Machten, dass sie nach Hause kamen. Er hätte sich nie mit diesen Idioten einlassen sollen.

»Verdammt. Ihr könnt mich mal. Ich gehe jetzt.«

Wenn sie glaubten, er würde ängstlich in der Höhle warten, hatten sie sich getäuscht. Er war ja nicht dumm. In zehn Minuten würde er hier raus sein.

Er drehte sich um und betrat den schmalen Gang zu seiner rechten Seite. Dort hatten sie ihn unter Lachen hineingebracht. Er musste ihm nur folgen, sich links halten und aufpassen, nicht über eine der alten Holzschwellen zu stolpern, die in unregelmäßigen Abständen in den Boden eingelassen waren. Ganz einfach. Auch, wenn er die Hand nicht vor Augen sehen konnte.

Um sich Mut zu machen und den anderen zu beweisen, dass sie ihm mit ihrer lächerlichen Aktion keine Angst machen konnten, begann er ein Lied zu summen.

Tom Tom turnaround – der Hit von New World ging ihm seit Wochen nicht mehr aus dem Ohr, und jetzt pfiff er ihn, um gegen die Dunkelheit anzukommen.

Wieso hatte er sich bloß überreden lassen mitzukommen? Er hätte nach dem Spiel einfach auf seine Schwester warten und mit ihr nach Hause gehen sollen.

Stattdessen war er zu den Idioten ins Auto gestiegen. Sie wollten ihm die Höhlen am Slate Beach zeigen, ihren geheimen Treffpunkt, wie sie es nannten. Er hatte nur lässig genickt und ein Grinsen unterdrückt. Er wusste, wo sie sich trafen. Als er neu nach Cornwall gekommen war, hatte er zusammen mit seiner Schwester Wendy die Höhlen entdeckt und vorsichtig erforscht. Hinter dem Rücken ihrer Eltern, die als waschechte Londoner bei der Vorstellung, ihre Kinder könnten in alten Höhlen und Schächten spielen, sicherlich in Panik verfallen wären.

Also hatte er gewusst, wo sie hinfuhren. Aber er hatte nichts gesagt. Es tat gut, einmal nicht Opfer der Sprüche und Witze der anderen Jungs zu sein. Es war cool, in Gavins Auto zu sitzen und sich durch das weit aufgedrehte Fenster den kalten Abendwind um die Nase wehen zu lassen. Im Radio hatten die Doors gespielt, und er hatte sich super gefühlt.

Wieder lief ein Schauer über seinen Rücken, und er unterdrückte mit aller Kraft das Bedürfnis, über seine Schulter in die Dunkelheit hinter sich zu starren. Dort war nichts. Bloß nicht die Nerven verlieren. Die anderen waren schon längst weg, hatten die Taschenlampen mitgenommen, waren über den Strand gelaufen und die enge, in die Klippen gehauene Treppe hinaufgegangen zu Gavins Auto. Alles war eine verdammte Falle gewesen. Sie wollten ihn eine Nacht allein durch die kalten Höhlen irren lassen. Wahrscheinlich standen sie schon längst wieder mit den anderen im Dorf am Hafen und prahlten mit ihrer jüngsten Gemeinheit gegen den »Neuen«. Verrückt. Er lebte jetzt schon seit drei Jahren mit seinen Eltern in dem kleinen Cottage am Ende der Welt. Und trotzdem war und würde er immer der Neue bleiben.

Er würde weitergehen, immer die Felswand entlang zum Ausgang, und sich dann etwas überlegen, um sich zu rächen. Vielleicht würde er Wendy fragen. Seine kleine Schwester war mit ihren dreizehn Jahren zwar fast drei Jahre jünger als er, aber hatte jetzt schon eine spitze Zunge und einen schnellen Verstand. Sie wäre nie so naiv gewesen, den Jungs so einfach in die Höhlen zu folgen. Der Gedanke an Wendy und seine Eltern, die zu Hause in dem warmen Cottage auf ihn warten würden, beruhigte ihn.

Er liebte das kleine Cottage mit seinem großen Garten sehr und vermisste London und sein altes Zuhause kaum. Er war hier schnell in die Fußballmannschaft aufgenommen worden und spielte dort als Stürmer. Alles könnte perfekt sein, wenn nicht die Brüder Shane und Gavin Hunter beschlossen hätten, ihm das Leben schwerzumachen. Denn vor ihm war Shane der Stürmer in der Mannschaft gewesen. Terry hatte seinen

Platz eingenommen. Kein guter Weg, um sich Freunde zu machen. Die beiden Brüder Hunter bildeten mit Stuart Lewis und dem Kotzbrocken Roger Wood ein unzertrennliches Quartett. Terry hätte es wirklich besser wissen sollen, als den vier Idioten ihre plötzliche Freundlichkeit abzunehmen.

Aber sie hatten an dem Tag das Spiel gewonnen, zusammen gejubelt. Sie waren verdammt nochmal eine Mannschaft, ein Team – und er war ein Idiot, dass er das Ganze auch nur eine Sekunde lang geglaubt hatte.

Der Gang wurde breiter, er konnte jetzt das leise Rauschen der Wellen hören. In die Dunkelheit der Höhle schlich sich die erste Ahnung der mondhellen Nacht. Terry atmete tief ein und trat hinaus auf den feinen Sand des Strandes. Die Flut hatte ihren höchsten Punkt erreicht, und die Wellen schwappten bis kurz vor seine Turnschuhe. Er konnte von Glück sagen, dass die Nacht so ruhig war; bei Sturm aus Südwesten würde das Wasser bis in die Höhle gedrückt werden. Auch wenn er nicht wirklich daran gezweifelt hatte, den Weg aus der Höhle zu finden, holte er erleichtert Luft.

1

»Und? Wie findest du es?«

Mags spürte, wie Sam sie gespannt beobachtete, und versuchte, ein möglichst unbeteiligtes Gesicht zu machen. Vergeblich. Sie lachte und griff nach seiner Hand.

»Es ist wunderschön. Ich wusste, dass hier irgendwo noch ein Cottage liegt, bin aber nie die Zufahrt weiter hinuntergegangen.«

Mags' Blick wanderte über das geduckte, weiß getünchte Haus mit seinen hellgrün gestrichenen Sprossenfenstern und dem Dach aus Reet hin zu den drei großen alten Weiden neben dem schmalen Bachlauf in einem verwilderten Garten. Die Sonne schien, der Mai hatte Einzug in Cornwall gehalten. Im Garten blühten unter den Bäumen die wilden Maiglöckchen, und in den zugewucherten Beeten hatten einige Pfingstrosen ihren Platz verteidigt und streckten ihre schweren Blüten der Sonne entgegen. Am Bachufer wuchsen wilde Orchideen, und die Weiden strahlten in hellem Grün. Mags legte den Kopf in den Nacken. Schwalben stiegen aus ihren Nestern am First des Hauses zu tollkühnen Flugmanövern auf. Schon bald würde aus den Nestern das laute und fordernde Rufen der Jungen zu hören sein. Mags drückte Sams Hand und spürte den schmalen goldenen Ring an seinem Finger, den er seit einigen Wochen Tag und Nacht trug.

»Wusstest du, dass Schwalben am Haus Wohlstand und Glück bedeuten?«

Mags liebte den Mai, auch und gerade, weil er für sie und ihr Unternehmen, den Evergreen Gartenservice, viel Arbeit brachte. Sie hatte sich darauf spezialisiert, Gärten neu anzulegen und sich um die Außenanlagen der vielen Feriencottages in der Region zu kümmern. Ihr volles Auftragsbuch und die stetig steigende Menge an Stammkunden ließen ihr Unternehmerinnenherz schneller schlagen. Durch die Umgestaltung des Geländes einer alten Zinnmine zu einer Erlebnislandschaft mit unterschiedlichen Biotopen und Schaugärten waren sie und ihre Firma über die Grenzen Cornwalls hinaus bekannt geworden. Vor kurzem hatte sie zwei ihrer Aushilfen fest eingestellt, und zurzeit suchte sie dringend nach einer weiteren Kraft, die ihr vor allem den immer größer werdenden Haufen an Papierkram abnahm. Sie liebte ihre Arbeit, und sie liebte es, erfolgreich damit zu sein.

»Es wird das Meadow Cottage genannt.«

Sams Stimme holte sie aus ihren Gedanken zurück, und sie sah neugierig zu ihm auf.

»Warum sind wir hier, Sam?«

Sam Hawthorne, Historiker und Autor. Groß und schlaksig stand er da, die Hände in den Taschen einer seiner üblichen Cordhosen, und lächelte sie an. Wenn sie dieses Lächeln sah, wurde ihr warm ums Herz. Vor zwei Jahren hatten sie sich kennengelernt und ineinander verliebt. Was auch immer diese letzten Jahre ihr gebracht hatten – Sam war das größte Geschenk.

Seine Haut hatte immer noch den hellen Bronzeteint, eine Erinnerung an die tropische Sonne und an ihre Reise nach Belize, von der sie vor einigen Wochen zurückgekehrt waren. Nicht irgendeine Reise, nein. Ihre Hochzeitsreise.

An Mags' linker Hand glänzte ihr Ehering – und dass Sam ihr zum Ring direkt eine passende Kette geschenkt hatte, damit sie ihn während ihrer Arbeit um den Hals tragen konnte, zeigte nur, wie gut er sie kannte.

Sie hatten schnell und überhastet auf dem Standesamt von Truro geheiratet und waren von dort direkt nach London zum Flughafen gefahren. Nicht gerade die große und fröhliche Hochzeit, die sich die meisten Einwohner von Rosehaven für ihr Traumpaar gewünscht hatten. Aber die Umstände hatten plötzlich etwas anderes gefordert. Mags ahnte, dass sie und Sam noch viele, viele Runden im Golden Budgie, dem einzigen Pub Rosehavens, ausgeben müssten, um das Dorf wieder zu versöhnen.

Sam lächelte sie weiterhin etwas verlegen an. Er hatte sie vor einer halben Stunde von ihrer Arbeit am Schreibtisch weggelotst mit der Ankündigung einer Überraschung. An einem Sonntag über Plänen und Abrechnungen zu sitzen, war nur einer der Preise, die Mags für ihre Selbstständigkeit zu zahlen hatte. Sie brauchte dringend jemanden, der ihr den ganzen Bürokram abnahm. Und sie hatte auch schon eine Idee, wer das sein könnte.

Sam zog sie an der Hand weiter in den Garten und den kleinen Hügel neben dem Bach hinauf.

»Ist das nicht einfach wunderbar hier?«

Mags nickte. Das Cottage war an seiner Rückseite über die gesamte Länge mit einem Wintergarten aus Holz erweitert worden. Das Reetdach war von zwei großen Gauben unterbrochen, die sicherlich viel Licht ins Obergeschoss ließen. Obwohl alles neu gestrichen werden musste, eine Scheibe des Wintergartens einen großen Sprung hatte und das Reetdach an der ein oder anderen Stelle etwas zerrupft aussah und ausgebessert werden musste, strahlte das Haus eine Beständigkeit und Stabilität aus, die sich sofort auf sie übertrug.

Ein perfekter Ort. Mags schmiegte sich an Sams Seite.

»Soll ich den Garten neu anlegen? Hast du einen Auftrag für mich an Land gezogen? Ich würde das wirklich sehr gerne tun, ich weiß einfach nur nicht, wann ich Zeit finde. Aber wahrscheinlich wird zuerst ohnehin noch das Haus renoviert, und dann könnte ich …«

Sie ging im Kopf ihren viel zu vollen Terminkalender durch und versuchte, noch irgendwo ein Plätzchen zu finden. Sie wollte sich unbedingt dieses Gartens annehmen – lange hatte sie kein Stück Land mehr gesehen, das so nach ihr und ihrer Fürsorge rief.

Sam unterbrach ihre Gedanken und drehte sie an den Schultern zu sich um.

»Nein. Kein weiterer Auftrag.«

Er gab ihr einen sanften Kuss.

»Aber wenn du Ja sagst, darfst du den Garten so gestalten, wie du möchtest.«

»Wenn ich Ja sage? Wozu?«

Mags spürte, wie ihre Knie weich wurden. Sie hielt die Luft an.

»Du meinst …?«

»Ja. Es steht zum Verkauf.«

Sie hatten in den letzten Monaten öfter davon gesprochen, dass sie gemeinsam ein neues Zuhause suchen würden, aber noch kein Haus gefunden, das ihnen gefiel – und das sie sich leisten konnten.

Mags war tief verwurzelt in dem kleinen Dorf Rosehaven, in dem sie ihre Kindheit und Jugend verbracht hatte und in dem sie nach einigen turbulenten Jahren in Amerika auch wieder Schutz und ihren Frieden gefunden hatte. Sam hatte daher vor einigen Monaten sein Leben umgekrempelt und seine Stelle in Oxford und seine Karriere als Historiker aufgegeben, um in Cornwall bei Mags zu leben und sein Glück als Autor zu versuchen.

Zurzeit lebten sie auf allerengstem Raum in dem umgebauten Schuppen, der Mags die letzten Jahre als Wohnhaus und Büro gedient hatte. Ein zauberhafter, romantischer und perfekter Ort für eine einzelne Person – ein ziemlich enger und mittlerweile aus allen Nähten platzender Ort für ein Paar.

Mags würde ihn und ihre Freundin und Vermieterin Miss Clara, in deren Rosengarten der Schuppen stand, vermissen. Nicht aber die Enge und die vielen Bücherstapel, die sie morgens umrunden musste, um an ihre erste Tasse Tee zu gelangen.

Mit einem tiefen Seufzer stieß Mags die Luft wieder aus.

»Ach, Sam! Wenn es auf den Markt kommt, dann werden die Angebote aus London schnell durch die Decke gehen. Es ist wirklich wunderschön. Und die Lage ist ein Traum. Aber so ein Haus können wir uns nicht leisten.«

Sie hatte schon allein wegen ihrer Arbeit viel mit den neu renovierten Ferienhäusern in der Gegend zu tun und wusste, was einige der Londoner bereit waren, für ein Cottage wie dieses zu bezahlen.

Sam schüttelte den Kopf.

»Es wird nicht auf den freien Markt kommen. Denn ich habe ehrlich gesagt den Kaufvertrag schon fast unterschrieben.«

»Du hast was?«

»Es tut mir leid. Ich wollte dich überraschen. Jim hat mich auf die Idee gebracht.«

Jim war ein Freund von Mags' verstorbenen Vater und hatte ihr stets zur Seite gestanden. Nach einem heftigen Streit im letzten Jahr und der darauffolgenden Versöhnung waren sie und der ehemalige Surfer und Althippie sich näher als je zuvor. Mags war froh, sich auf Jims Stärke und Energie verlassen zu können. Aber warum in aller Welt hatte er Sam ein Haus wie dieses gezeigt, das sie sich sowieso niemals würden leisten können? Jim wusste doch, dass die Immobilienpreise für die alten Cottages jeder Krise zum Trotz Jahr für Jahr stiegen und es den Einheimischen fast unmöglich war, noch selbst etwas zu kaufen.

»Das Cottage gehört einer guten alten Freundin von ihm. Sie hat es von ihren Eltern geerbt und zwischendurch immer mal wieder vermietet. Die letzten Mieter sind vor einigen Jahren ausgezogen, seitdem steht es leer. Jim scheint sich als eine Art Hausmeister um alles gekümmert zu haben. Jetzt will seine Freundin zu ihren Kindern nach Frankreich ziehen und das Haus in gute Hände abgeben. Es hängen wohl einige Erinnerungen daran. Sie hat Jim gefragt, ob er einen geeigneten Käufer kennt, jemanden, der das Haus schätzen wird und es wieder mit Leben erfüllt. Sie will einfach nicht, dass es zu einem Ferienhaus gemacht wird. Und da hat Jim mich angerufen.«

Sam hatte sehr schnell gesprochen, und Mags schwirrte der Kopf.

»Und wann habt ihr das alles besprochen?«

Ihr Mann wurde rot.

»Vor zwei Wochen. Du warst so beschäftigt mit der großen Eröffnung der Mine in Drabstock und den anderen Aufträgen, und ich wollte erst einmal herausfinden, ob das Cottage überhaupt infrage kommt.«

Bevor Mags etwas sagen konnte, redete Sam schnell weiter.

»Jim hat mir alles gezeigt. Innen muss einiges getan werden. Aber die Fenster und der Wintergarten sind gut in Schuss, das Dach ist dicht und vor einigen Jahren erneuert worden, und die Leitungen sind zwar alt, aber sie funktionieren. Jim hat sich alles angesehen – und ich vertraue seinem Urteil.«

Mags nickte.

»Wenn Jim sagt, dass es solide ist, dann ist es das. Aber es wird zu teuer sein. Das Grundstück ist riesig.«

Und wunderschön. Mags schluckte. Es war das schönste Haus, das sie seit langem gesehen hatte.

»Ja, der kleine Wald hinter dem Bach gehört auch noch dazu. Und die beiden Wiesen neben dem Zufahrtsweg, sie sind allerdings noch verpachtet. Kate March hat einige ihrer Kühe dort stehen.«

»Sam, wir sprechen hier über wahnsinnig viel Geld, oder?«

Er nannte eine Summe, bei der Mags erst einmal nach Luft schnappen musste.

»Ich weiß. Aber es ist trotz allem ein Schnäppchen für die Größe und die Lage.«

Mags sah sich wehmütig um und dann Sam in die Augen. Er hatte recht, der Preis war gut – aber so viel Geld hatten sie nicht.

»Schnäppchen hin oder her. Wir können uns das nicht leisten.«

Sam jedoch schien ihr gar nicht zuzuhören und redete einfach weiter.

»Und hast du die großen Scheunen am Weg vorn gesehen? Sie gehören mit zum Cottage, wurden früher als Ställe und dann als Garagen genutzt. Jim sagt, sie sind stabil und neuer als der Rest des Hauses. Und dass sie mit etwas Einsatz zu einem Büro und einem Lager umgebaut werden könnten.«

»Ein Büro?«

»Ja. Geschäftsräume. *Deine* Geschäftsräume. Ein Raum, in dem du Kunden empfangen und dich mit ihnen besprechen kannst. Ein Lager für dein Werkzeug und für Materialien. Platz für einen zweiten Transporter. Für deine Firma. Und genug Land dahinter, für ein eigenes Gewächshaus zum Beispiel. Ich habe mit der Bank gesprochen, und sie sehen eine Möglichkeit, wenn das Haus und das Gelände gleichzeitig auch Sitz deiner Firma werden würden.«

Mags schluckte.

»Das geht mir zu schnell.«

Sam nahm sie in den Arm, und sie atmete tief seinen warmen und vertrauten Geruch ein.

»Du weißt doch selbst, dass aus deinem ursprünglich mal kleinen Unternehmen längst eine beachtliche Firma geworden ist. Du brauchst den Raum. Ich brauche ebenfalls mehr Platz. Und zusammen können wir das schaffen.«

Mags schaute sich um. Sie sah die alten Weiden, die ihren Garten bewachen würden. Sah die länglichen Schuppen an der Zufahrt, die mit wenig Arbeit ihr Firmensitz werden würden. Sah das weiß gestrichene Cottage mit seinem Reetdach und die in weiten Bögen über den Garten gleitenden Schwalben. Dieses Cottage könnte ihr Zuhause werden. Ihr gemeinsames Zuhause.

Es war perfekt. Der Plan zwar absolut verrückt, aber dennoch perfekt.